" 민주주의 최후의 보루는
깨어있는 시민의 조직된 힘입니다.
이것이 우리의 미래입니다. "

— 노무현

이솝에게 배우는 민주주의

1판 1쇄 인쇄 | 2018년 7월 15일
1판 3쇄 발행 | 2022년 8월 31일

글쓴이 박혁 | **그린이** 김민지
펴낸이 정맹섭 | **펴낸곳** 맹&앵
등록 제 2009년 7월 7일 (제313-2009-141호)
주소 경기도 파주시 회동길 363-8 유원사 2층 205호
전화 031-945-8160 | **팩스** 0504-064-8166 | **전자우편** maengnaeng@gmail.com

ISBN 978-89-94198-27-9 43800
값 12,000원

이 도서의 국립중앙도서관 출판예정도서목록(CIP)은 서지정보유통지원시스템 홈페이지(http://seoji.nl.go.kr)와 국가자료공동목록시스템(http://www.nl.go.kr/kolisnet)에서 이용하실 수 있습니다.(CIP제어번호: CIP2018020385)

*잘못 만들어진 책은 바꾸어 드립니다.

이솝에게 배우는 민주주의

박 혁 글 | 김민지 그림

맹&앵

목차

시작하는 말

가난한 사람들은 생활의 어려움 때문에 부자들의 노예로 전락합니다. 몇몇 집안이 대를 이어 권력을 독차지합니다. 특권층은 마음대로 권력을 휘두릅니다. 대다수 시민들은 먹고 살기도 빠듯해 정치에는 관심 가질 겨를이 없습니다. 여자나 종들은 사람 취급도 받지 못합니다. 부에다 권력까지 차지하려는 부자들의 음모와 싸움이 끊이지 않습니다. 주변 나라들의 지속적인 전쟁 위협에도 시달립니다. 온 나라가 갈등과 불화, 두려움으로 가득합니다. 우리에게도 낯설지 않은 이 현실이 바로 2500년 전, 도시 국가 아테네의 풍경이었습니다. 그런 아테네에서 인류 최초로 민주주의(Democracy)라는 정치 체제가 탄생했습니다. 침몰하던 도시 국가 아테네와 그 안에서 절망하던 시민들 앞에 나타난 구원의 섬, 그것이 바로 '민주주의'였습니다.

민주주의라는 희망이 가물거리기 시작하던 기원전 6세기 경, 그리스에는 이솝이라는 노예가 살고 있었습니다. 그는 사모스 섬의 노예였다가 해방되었습니다. 이솝의 시대는 갈등과 불화, 변화와 혼란으로 가득했습니다. 그는 짧은 우화들로 그 시대를 풍자했습니다. 변화의 방향을 제시하고 그 변화를 위해 시민들이 무엇을 어떻게 해야 할지를 이야기했습니다. 그 이야기들 안에는 아테네인들이 300년 넘게 자신들의 정치 체제로 받아들이게 될 민주주의의 싹들이 머리를 내밀고 있습니다. 그 민주주의의 싹이 억압과 차별 속에서 절망하던 아테네 시민들의 가슴에 불을 질렀을 것입니다. 아테네 시민들은 그 싹을 마침내 강한 민주주의로 키워냈습니다. 폴리스의 민회에서, 재판정에서 이솝 우화는 끊임없이 울려 퍼졌습니다. 이솝 우화는 민주주의에 관한 인류 최초의 정치사상이었던 셈입니다. 뿐만 아니라 가장 성공을 거둔 정치사상이기도 합니다.

이솝의 이야기들은 대부분 정치 언어들입니다. 그 언어들은 주로 '공존의 기술'과 '다양성의 존중'을 가르치고 있습니다. 2500년 전이라는 시간이 무색할 만큼, 오늘날 우리 현실에서도 그 언어들은 너무도 매력적입니다. 느림, 책임, 균형, 정의, 조화, 소통, 돌봄, 저항, 사랑, 우정, 배려, 환대, 신뢰, 약속, 용기, 용서 등. 이솝 우화를 채우고 있는 그런 언어들이 우리의 정치적 상상력을 아주 강렬하게 자극합니다. 그 상상력이 초라하게 말라 비틀어져 가는 우리 시대의 민주주의를 풍요롭게 할 수 있을 것입니다.

지금까지 이솝 우화의 정치적 의미는 제대로 드러나지 않았습니다. 우리의 상상력은 어릴 때 이솝 우화를 읽으며 선생님이 알려 준 도덕적 훈계에 갇혀 있습니다. 이 책은 여러분을 그 좁고 딱딱한 틀에서 구해 낼 상상의 나래입니다. 그 나래를 달고 여러분은 고대 도시 아테네의 폴리스 광장으로 갈 수 있습니다. 그 곳에서 아테네 시민들에게 민주주의의 꿈을 이야기하고 있는 이솝을 만나게 될 것입니다. 여러분도 함께 그 자리에서 이솝의 이야기를 들으며 민주주의의 소망을 갖게 될 것입니다.

엄마와 아빠가 아이들과 함께 민주주의의 꿈을 나누었으면 합니다. 선생님과 학생들이 재미있게 민주주의를 이야기했으면 합니다. 더 많은 사람들이 더 좋은 민주주의를 거침없이 상상했으면 좋겠습니다. 그것이 제가 이 책을 쓴 이유입니다. 저와 같은 마음으로 책이 나오기까지 도와주신 분들이 많습니다. 그 분들께 고마움을 전합니다. 맹앤맹의 정맹섭 대표님은 어려운 출판 환경에서도 흔쾌히 원고를 받아 주셨습니다. 이미성 선생님과 엄기철 선생님은 원고를 꼼꼼히 읽어 주셨고, 조언도 아끼지 않으셨습니다. 초고를 읽고 함께 토론을 해준 서현고등학교 독서 토론 동아리 '달인'의 학생들과 김진혜 선생님께도 고마움이 큽니다.

함께 작업을 하며 멋진 그림으로 책을 완성시켜 준 아내 김민지에게 특별한 사랑의 마음을 전합니다.

2018년 7월

늪빛마을에서

1 토끼와 거북이

더디 가면 함께 할 수 있어요

아테네 시민들은 빠르고 효율적이라는 이유로 똑똑한 전문가가 지배하는 것을 원하지 않았습니다. 오히려 시민 스스로가 통치하는 느린 민주주의를 선택했습니다. 집을 지을 때는 집을 짓는 뛰어난 한 사람의 건축가보다 그 집에서 실제로 살 여러 사람의 의견이 더 중요하다고 생각했습니다.

토끼와 거북이가 한 동네에서 살았습니다.
토끼는 허구한 날 거북이를 느림보라고 놀려댔습니다.
거북이는 더 이상 참을 수 없었습니다.
"달리기 시합을 하자!"
토끼는 황당했지만 이번 기회에 거북이 코를 납작하게 해주어야 겠다고 생각했습니다.
경주가 시작되자마자 토끼는 쏜살같이 내달렸습니다.
한참을 달린 후 토끼는 뒤를 돌아다보았습니다.
느림보 거북이는 땀을 뻘뻘 흘리며 그제야 출발선을 벗어나고 있었습니다.
별짓을 다해도 거북이는 자신을 이길 수 없다고 생각한 토끼는 그늘에 앉아 쉬다가 그만 잠이 들고 말았습니다.
꽤나 오래 잔 모양입니다.
토끼가 잠에서 깼을 때, 거북이는 이미 결승점을 지나고 있었습니다.

거북이는 다른 동물 친구들한테는 인기가 좋습니다. 유독 토끼만 거북이를 느림보라고 놀려댑니다. 어느 날 거북이는 토끼에게 달리기 시합을 하자고 합니다. 토끼는 놀라 나자빠질 뻔했습니다. 느려 터진 거북이가 자신에게 다른 것도 아니고 달리기 시합을 하자고 하다니요!!

질 게 뻔한 경주를 거북이는 왜 하려는 걸까요? 경주에서 거북이가 얻을 수 있는 것은 무엇일까요? 거북이는 이길 수 있다는 확신이 있었을까요? 혹시 아테네 신전에 가서 자신이 승리할 것이라는 계시라도 받았던 것은 아닐까요? 토끼가 잠에 빠진 건 단지 우연일까요? 토끼가 분해서 다시 도전을 신청한다고 해도 거북이는 이길 수 있을까요? 이솝은 왜 '거북이와 토끼의 경주'라는 이 무모한 상황을 설정했을까요? 이솝은 느림보 거북이들을 위해 '하면 된다.'라는 신화를 만들어 주고 싶었던 걸까요? 아니면 빠른 토끼들에게 '자만하지 말라.'는 충고를 하고 싶었던 걸까요?

이솝(Aesop)은 기원전 약 6세기 경 그리스에서 살았던 사람입니다. 이솝이 살았던 당시 그리스의 아테네에는 많은 문제들이 발생하고 있었습니다. 그 중에서 가장 심각한 것은 빈부 격차였습니다. 다수의 시민들이 입에 풀칠하기도 힘들어 소수 부자들의 노예로 전락해갔습니다. 권력은 유력한 소수 가문에서 나눠 가졌습니다. 아테네 사람들은 이러한 상황을 더 이상 참을 수가 없었습니다. 많은 시민들이 빈부의 격차를 줄이자고 요구했습니다. 가난한 사람들도 도시의 일에 참여하여 함께 결정하는 제도를 만들자는 주장도 커졌습니다. 잘살거나 못살거나 모든 시민들이 법 앞에서 평등한 도시를 만들자는 요구도 있었습니다. 누가 어떻게 통치를 해야 그런 도시를 만들 수 있을까요?

아테네 시민들은 누가, 어떻게 통치를 해야 하느냐는 문제를 갖고 치열하게 논쟁했습니다. 어떤 사람들은 한 명의 왕이 지배하는 것이 가장 좋다고 주장했습니다. 그보다는 좋은 신분이나 재산이 많은 귀족 대표 몇 명이서 함께 지배하는 것이 더 낫다고 생각한 사람들도 있었습니다. 반면에 다수의 시민들이 스스로 통치하는 민주주의를 원하는 사람들도 적지 않았습니다. 토끼와 거북이의 우화는 이런 상황 속에서 이솝이 들려 준 이야기입니다.

당시 아테네 시민들은 많은 참주들을 경험했습니다. 그 경험을 통해 왕 한 사람이나 몇몇 사람이 절대적인 힘을 갖게 되면 교만에 빠진다는 사실을 잘 알고 있었습니다. 교만은 그리스말로는 휘브리스(hybris)입니다. 세상에서 가장 훌륭한 사람도 일단 권력을 갖게 되면 평상시와는 달리, 자기 자신을 과신하고 모든 것을 할 수 있다는 무절제에 빠지고 맙니다. 그래서 권력을 자기 마음대로 휘두릅니다. 다른 이들의 말에는 전혀 귀를 기울이지 않고 모든 것을 자신이 결정합니다. 다른 사람에게는 오직 복종만을 요구합니다. 절대자의 그런 휘브리스가 결국은 절대 권력을 무너지게 합니다. 절대 권력은 자기 안에 자신을 파멸시키는 원인을 갖고 있는 것입니다. 당시의 비극 작가들도 지배자들의 교만이 결국에는 회복할 수 없는 비극을 낳는다는 주제로 많은 연극을 시민들에게 보여 주었습니다.

느린 거북이를 무시하고 빠른 자신을 과신했던 교만이 이솝의 토끼

를 잠에 빠지게 한 것입니다. 눈을 감고 잠에 빠진 토끼는 현실을 올바르게 볼 수 없게 됩니다. 교만 때문에 절대 권력은 절대적으로 부패하게 되는 것이지요. 이솝 우화 속 토끼가 잠을 잔 것은 어쩌다 우연히 일어난 일이 아니었던 것입니다.

교만으로 가득 찬 절대 권력을 막기 위해 아테네 사람들이 발명해 낸 것이 바로 민주주의입니다. 아테네 시민들이 가장 우선적으로 요구했던 민주주의의 원리는 바로 '법 앞의 평등'과 '말할 자유'였습니다. 아테네 시민 모두가 법 앞에 평등했고 모든 안건은 시민들의 자유로운 토론과 동의를 거쳐 결정되었습니다. 아테네 시민 다수가 도시를 통치하게 된 것입니다. 물론 그 과정은 떠들썩했습니다. 누구라도 무엇이든 말할 자유가 있었기 때문입니다. 폴리스는 그야말로 중구난방(衆口難防)이었습니다. 누구의 입도 막을 수 없었습니다. 공동의 일은 어떤 것 하나라도 누구 한 사람이 마음대로 결정할 수 없었습니다. 모든 사안을 서로 묻고 해명하고, 따지고 설득하느라 한 사람이라면 금방 내릴 수 있는 결정에도 많은 시간이 필요했습니다. 그래서 폴리스는 '세상에서 가장 시끄러운 곳'이라는 별명을 얻을 정도였습니다.

당시 그리스에는 소란스럽고 느린 민주주의를 비아냥거리는 사람이 많았습니다. 그들은 가난한 사람들, 무식하기 짝이 없는 사람들이 자신의 마을이나 나랏일에 '감 놓아라 배 놓아라' 하는 것을 못마땅하게 여겼습니다. 우리가 잘 아는 플라톤 같은 철학자도 그런 이유로 민주주의를 아주 싫어했습니다. 그는 보잘 것 없는 사람들이 직접 통치하는 민주주의 대신 똑똑한 철학자가 지배해야 한다고 주장했습니다. 그것이 유명한 '철인 통치론'입니다. 철인 왕은 진리를 아는 전문가여서 토론이나 설득이 필요 없습니다. 철인 왕은 누구의 말을 듣거나 설득할 필요도 없이 자신이 아는 진리에 따라 가장 완전한 나라를 만들 수 있다고 믿었습니다.

아테네 시민들의 생각은 달랐습니다. 아테네 시민들은 빠르고 효율적이라는 이유로 똑똑한 전문가가 지배하는 것을 원하지 않았습니다. 오히려 시민 스스로가 통치하는 느린 민주주의를 선택했습니다. 집을 지을 때는 집을 짓는 뛰어난 한 사람의 건축가보다 그 집에서 실제로 살 여러 사람의 의견이 더 중요하다고 생각했습니다. 전문가 한 사람이 아무리 똑똑해도 여러 사람의 지혜가 모이면 당할 수 없다고 확신했습니다. 요샛말로 한 사람의 열 걸음보다 열 사람의 한 걸음이 더 낫다는 것이지요. 민주주의는 공동의 일에는 전문가가 따로 없다는 신념에서 출발합니다. 그래서 공동체를 운영하는 문제들을 두고 토론하고 결정하는 데에는 평범한 시민 누구라도 참여할 수 있어야 합니다.

민주주의라는 말에는 느림이라는 말이 포함되어 있습니다. 여러 사람의 생각과 지혜를 모으느라 민주주의는 느립니다. 다양한 사람들이 함께 하기 위해서는 서로의 이야기를 듣고 차이를 이해하고 존중하고, 숙고하고 설득하는 과정이 필요합니다. 민주주의는 다양한 처지, 조건, 의견들의 갈등과 긴장을 성급하게 해결하거나 결론내지 않습니다. 느림은 다양성에 비례합니다. 반대로 서두름은 다양성을 파괴합니다. 속도는 의견을 달리 하는 시민들을 침묵하게 합니다. 더 빨리 가느라고 그들을 배제하고 내리는 성급하고 독단적인 결정은 민주주의와는 상반됩니다. 다양한 생각을 가진 다수의 시민이 함께 참여하고 결정한다는 것이 민주주의의 근본적인 원리입니다. 속도와 효율, 성공을 위해 다양성을 부정하고 다른 의견을 무시하거나 차이를 배제해 버리는 것이야말로 민주주의의 가장 큰 적입니다.

토끼와의 경주는 결코 무모한 짓이 아니었습니다. 거북이의 목적은 성공이 아니라 행복이었습니다. 거북이는 느린 민주주의 안에 공존의 기쁨과 행복이 있다는 것을 잘 알고 있었습니다. **다양한 의견이 배제되거나 무시되지 않고 자유롭게 교환되는 과정에서 사회는 활력이 넘치고 시민들은 행복감을 느낍니다.** 느림 속에서만이 타인을 이해하고 존중하고 돌보는 것이 가능합니다. 다양한 것들이 서로를 존중하며 지혜를 모아 문제를 해결해 갈 때 민주적인 창조성이 발휘됩니다. 타인들에게 시선을 두며 천천히 가느라 길 위에서 보낸 시간은 결코 '잃어버린 시간'이 아닙니다.

마지막으로 기억해 두어야 할 것이 있습니다. 느림은 게으름이 아니라는 사실입니다. 느림보 거북이한테 진 것이 분한 토끼는 다시 도전해 올게 분명합니다. 인류의 역사에서 민주주의는 결코 최종적인 결과를 가져 본 적이 없습니다. 민주주의는 긴장과 위기의 연속입니다. 완전하거나 최종적인 민주주의란 없습니다. 민주주의는 늘 길 위에 있습니다. 그 길 위에서 보내는 느린 시간이 '민주주의의 의미'입니다. 아무리 느리더라도 낮잠은 자지 않아야 합니다. **민주주의의 운명은 민주주의의 원리를 성실하게 실천하는 깨어 있는 시민들에게 달려 있습니다. 깨어 있는 시민들은 느긋하지만 교만하거나 게으르지 않습니다. 느리지만 충실하게 민주주의의 가치들을 실현해 갑니다.** 낮잠 자는 토끼까지 깨워서 가는 건 어떨까요?

2

고양이 목에 방울 달기

누가 해야 하나요?

쥐들은 '고양이 목에 방울 달기'라는 아주 좋은 문제 해결 방법을 제안했습니다. 그러나 그 멋진 방법을 두고도 문제 해결의 책임을 져야 할 국가는 행동에 나서지 않습니다. 그러면서도 국민들에게 가만히 있으라고 합니다. 고양이 목에 방울은 국가가 달아야 합니다.

살찐 고양이가 온 집안을 어슬렁거립니다.
쥐들의 마을에 불안과 공포가 떠돕니다.
쥐들은 불안을 털고 다시 함께 오순도순 살고 싶었습니다.
방법을 찾기 위해 쥐들이 한 자리에 모였습니다.
한참이 지나서도 신통한 의견은 나오지 않았습니다.
쥐들 사이에서는 한숨과 절망의 탄식만 터져 나왔습니다.
그때 작은 쥐 한 마리가 조심스레 나섭니다.
"고양이 목에 방울을 답시다!"
그 멋진 해결책에 숨죽이고 있던 모든 쥐들이 기뻐 날뛰었습니다.
열광의 도가니가 순식간에 얼어붙은 건 늙은 쥐가 소리친 직후였습니다.
"누가 고양이 목에 방울을 달지?"

고양이가 나타났습니다. 쥐들은 얼마나 무섭고 불안할까요? 이제 쥐들에게 산다는 것은 살아남는 것입니다. 쥐죽은 듯 살아서 살아남아야 합니다. 고양이는 언제 어디서 불쑥 나타날지 모릅니다. 그야말로 일촉즉발(一觸卽發)의 위기입니다. 이 위기와 불안의 근원은 한치 앞을 알 수 없다는 사실에 있습니다. 고양이가 어디서 나타날지를 예측할 수만 있다면 얼마나 좋을까요? 쥐들은 멋진 불안 퇴치법을 발견했습니다. 고양이 목에 방울 달기! 그런데 어찌된 일일까요! 쥐들은 위기와 불안을 넘어 위태로움을 느꼈습니다. 누구도 고양이 목에 방울을 달려고 하지 않기 때문입니다. '책임의 부재'가 쥐들의 공존을 위태롭게 하고 있습니다.

우화로 돌아가 볼까요? 고양이의 위협은 가공할만합니다. 작고 약한 쥐 각자는 어떻게 해 볼 수가 없습니다. 그러나 그 위협을 그대로 두었다가는 쥐들의 목숨은 물론이고 공동체 자체가 사라질지도 모릅니다. 고양이의 위협으로부터 자신들의 생존과 공동체를 지킬 수 있는 길을 함께 찾아야 합니다. 그 방법을 찾기 위해 모여서 함께 논의를 하기로 했습니다. 물론 그 논의가 의미가 있으려면 중요한 전제가 있어야 합니다. 해결책을 찾는다면 그것을 '누가 실행할 것인가?'가 이미 정해져 있어야 한다는 것입니다. 그렇지 않으면 논의는 말짱 도루묵이 되고 맙니다. 탁상공론(卓上空論)인 것이지요. 결정된 것을 수행해야 할 의무가 누구에게도 없다면 누구라도 회피할 가능성이 있기 때문입니다. 모두가 회피한다면 결국 누군가가 용감하게 나설 것이라는 희망을 갖거나 그렇지 않으면 누구에게 강제로 시켜야 합니다. 쥐들은 토론을 통해 불안 대처법을 찾았습니다. 고양이 목에 방울을 다는 것입니다. 그렇다면 이제 누가 고양이 목에 방울을 달아야 할까요? 민주주의의 중심 문제는 책임이 누구에게 있느냐는 것입니다. 그때의 책임이란 과거의 행위뿐만 아니라 미래의 일에도 해당합니다.

고양이에게 방울을 달 책임은 누구에게 있을까요? 민주주의 국가에서 국민은 국가를 책임 있게 운영할 만한 사람들을 선택하여 그들에게 막대한 권력과 권한을 줍니다. 같은 국민이지만 그들에게는 특권이 주어지는 것입니다. 그 권한으로 국민의 생명과 안전, 행복을 보호하고 책임지라는 것이지요. 쥐들의 공동체에도 그런 책임과 권한을 갖고 일하는 조직과 관료들이 있습니다. 고양이의 출현으로 불안하게 살아가는 쥐들의 불안을 해결해야 할 우선적인 책임은 바로 그들에게 있습니다. 그 책임을 쥐 각자에게 떠넘겨서는 안 됩니다. 민주 국가라면 공동의 일에 대한 책임은 당연히 그 특권에 비례해야 합니다. 사회적 책임을 다 하지 않으면서도 버젓이 특권을 누리면서 살 수 있다면 그 사회는 민주 사회가 아닙니다.

물론 공동체에서 구성원 개개인의 책임도 중요합니다. 문제는 개인의 책임을 과장하거나 그것만을 유일한 책임처럼 말해서는 안 된다는 것입니다. 고양이의 위협으로부터 쥐들을 보호하는 것은 각자가 자기 집 앞의 눈을 치우고, 쓰레기를 분리수거하고 불우 이웃을 돕는 그런 일과는 다릅니다. 개인의 힘으로는 감당할 수 없는 책임이 있습니다. 그래서 국가가 필요합니다. 국가는 힘을 갖고 있습니다. 개인으로는 감당키 어려운 문제를 책임지도록 국민들이 그 힘을 국가에 부여했던 것입니다.

공동체의 위기는 국가가 공동체와 그 구성원들에게 져야 할 책임을

Who's gonna?

회피하거나 거부할 때 찾아옵니다. 권력을 위임받은 조직과 관료들에게는 공동체의 위기를 해결할 책임이 있습니다. 1852년 영국 버큰헤드 호의 승무원들은 여자와 아이들을 먼저 탈출시키고 자신들은 배와 함께 죽어갔습니다. 배가 침몰할 때 선장과 선원이 자신이 살려고 먼저 탈출해서는 안 됩니다. 권력을 가진 이들이 그 특권을 누리려고만 하고 책임은 회피한다면 국민들의 '신뢰'는 무너집니다. 신뢰는 국가에 대한 무조건적이고 변함없는 '충성심'과는 다릅니다. 신뢰는 결코 절대적이거나 확고한 것이 아닙니다. 약속한 것을 지키지 않고 책임을 회피하여 인정받지 못하면 신뢰는 언제든지 끝이 날 수 있습니다. 신뢰가 무너지면 국민들의 자발적 복종을 가능하게 하는 국가의 권위도 상실되고 맙니다. 무너진 신뢰와 상실된 권위는 삽시간에 공동체를 침몰시킵니다. 아테네의 폴리스가 독재를 혐오했던 가장 큰 이유도 독재자들이 '아무 책임도 지지 않으면서 무엇이든 마음대로 했기 때문'입니다. 민주주의가 작동하기 위해서는 특권에 걸맞은 책임을 다하는 지도자와 관료들의 역할이 매우 중요합니다.

쥐들은 '고양이 목에 방울 달기'라는 아주 좋은 문제 해결 방법을 제안했습니다. 그러나 그 멋진 방법을 두고도 문제 해결의 책임을 져야할 국가는 행동에 나서지 않습니다. 그러면서도 국민들에게 가만히 있으라고 합니다.

국민들에게만 책임 명세서를 떠미는 국가는 못난 국가입니다. 미국의 대통령이었던 케네디는 국민들에게 국가에 무얼 기대하기 전에 먼저 국가를 위해 무엇을 할 수 있는지를 스스로 물어보라고 말한 적이 있습니다. 하지만 국가는 국민에게 무엇을 할 것인가를 요구하기 전에 국민과 약속한 자신의 책임을 다해야 합니다. 국가의 운영을 위해 특권이 존재할 수밖에 없다면 특권을 가진 이들은 특권에 상응하는 책임을 져야 합니다. 국민들에게 책임이 있다면 그것은 국가와 관료들이 공동체에 책임을 지지 않을 때 그들을 비판하고 책임을 묻는 것입니다. 국민들이 무책임하거나 무능한 정부를 비판하고 불만을 토로하고 많은 요구들을 할 수 있어야 건강한 민주 국가입니다. 그래서 프랑스 인권 선언과 미국의 독립 선언에서도 국가가 자신의 책임을 다하지 못할 때, 국가에게 책임을 묻는 것이야 말로 국민의 권리일 뿐만 아니라 의무라고 정하고 있는 것입니다. 국가에 책임을 부여한 것도 국민이고 책임을 물어야 하는 것도 국민입니다. **고양이 목에 방울은 국가가 달아야 합니다.**

3 당나귀를 팔러 간 아버지와 아들

누구 말을 들을까요?

판단(判斷)의 원래 뜻은 구분하고 나눈다는 의미입니다. 그 뜻에 따르면 판단한다는 것은 더 많은 의견을 듣고 수집하여 그 의견들을 검토해보고 그 차이들을 비교하여 비판적으로 결정하는 것입니다. 이 판단의 과정이 없다면 자신의 원칙에만 의존하거나 타인의 의견에 맹목적으로 따르게 됩니다.

아버지와 아들이 당나귀를 팔러 시장에 갑니다.
햇볕이 따가운데도 땀을 뻘뻘 흐리며 당나귀를 끌고 갑니다.
한 나그네가 이 풍경을 보고는 당나귀를 왜 안타고 가냐며 타박합니다.
나그네의 충고에 아버지는 얼른 아들을 당나귀에 태웁니다.
마을 입구 큰 나무 아래서 쉬던 노인들이 이 풍경을 봅니다.
이 더운 날 아버지를 걷게 한다느니, 세상이 말세라느니 한탄합니다.
멋쩍어 하는 아들을 내리게 하고 아버지가 당나귀 등에 올라탑니다.
이번에는 빨래터의 아낙네들이 이 더위에 아들을 걷게 한다고 아버지를 흉봅니다.
얼굴이 확 달아 오른 아버지가 아들도 당나귀에 태웁니다.
이를 본 상인이 당나귀가 기운이 없으면 좋은 값을 못 받는다고 충고합니다.
결국 아버지와 아들은 내려서 당나귀를 어깨에 메고 갑니다.
당나귀가 버둥거리다 시냇물에 빠져 떠내려가 버렸습니다.

이 우화는 자신의 원칙과 소신 없이 남에게 휘둘리다 낭패를 보는 사람의 이야기로 알려져 있습니다. 다양한 생각들이 서로 부딪히는 사회에서 원칙과 소신을 갖고 사는 것은 중요합니다. 소신이란 굳은 믿음이나 생각입니다. 원칙이 있다는 것은 어떤 행위를 할 때 일관된 규칙을 지킨다는 의미입니다. 특히 권력자에게 아부하고 자신이 말한 것들을 저버리기 일쑤인 정치 현실에서 자신의 원칙과 소신을 지켜 나가는 사람은 존경받습니다. 반대로 다른 사람의 의견이나 생각에 흔들리거나 부화뇌동(附和雷同)하는 사람은 비난을 받습니다.

오늘날의 민주 국가에서 사람들이 원칙과 소신을 민주주의의 미덕으로 내세우는 것은 아이러니합니다. 민주주의가 시작되었던 고대 아테네에서는 소수 엘리트들이 민주주의자들을 원칙과 소신이 없는 변덕쟁이들이라고 비아냥거렸습니다. 무지한 시민들은 대중 연설가나 정치가들에게 현혹되기 쉽기 때문에 잘못된 판단과 결정을 한다는 것입니다. 무지한 시민들은 진리를 알지 못하기 때문에 원칙과 소신이 없다는 것이지요. 플라톤은 대중 정치가들이 당나귀를 말이라고 속이면 대중들은 속아 넘어가 당나귀를 사게 된다고 민주주의를 비난했습니다. 이 우화에서 자신의 소신 따위는 상관없이 이리저리 휩쓸리는 아버지 같은 사람이야말로 민주주의자인 셈입니다. 원칙과 소신이 없다는 것은 과연 그렇게 비난받을 일일까요?

아버지와 아들은 당나귀를 팔러 시장으로 가는 길에 작은 마을을 지납니다. 아버지, 아들, 당나귀가 나타나자 마을은 갑자기 소란스러워집니다. 마을 입구에서 여행 중인 한 나그네를 만났습니다. 그는 더 위에 걷는 힘겨움을 잘 알고 있는 사람입니다. 나무 그늘 아래에서 만난 노인들은 자식들이 부모를 공경하는 것이 중요하다고 생각합니다. 빨래터의 아낙네들은 자식에게 지극한 모정이 있습니다. 상인은 거래에서 이익을 남기는 것이 최고라고 여깁니다. 그들은 당나귀를 타고 가라! 아빠가 타야 한다! 아들을 태워라! 당나귀를 편하게 데려가야 한다! 등 수많은 조언과 충고를 줍니다. 각자가 자신의 처지와 입장에 따라 말하고 있는 것이지요.

이말 저말에 휩쓸리는 아버지가 참 딱합니다. 사실 아버지는 어떤 하나의 입장을 선택하기 어려운 처지입니다. 아무리 짐승이지만 기르던 정을 떼고 시장에 내다 팔려니 당나귀가 안쓰럽기도 합니다. 더운 날씨에 지쳐 자신도 좀 편하게 가고 싶습니다. 자식이 아버지를 공경해야 한다는 생각은 늘 하고 있었습니다. 아들을 고생시키고 싶지 않은 깊은 자식 사랑도 있습니다. 당나귀를 비싸게 팔아 가족의 생계도 챙겨야 합니다. 그러고 보면 마을 사람들의 다양한 조언은 모두 아버지가 선택할 수 있는 현실들입니다. 인간이 살아가는 현실은 이토록 생생하고 다양합니다. 이토록 다양한 입장 중에 절대적으로 옳거나 우선해야 하는 것이 있을까요? 과연 아버지가 가져야 할 원칙과 소신이란 무엇일까요? 완벽한 해답을 찾을 수 없는 복잡한 인간의 현실에서 완고하고 무비판적인 원칙과 소신의 고집이 더 우스꽝스러운 것은 아닐까요? 삶은 생생한 초록빛인데 원칙과 소신은 삭막한 잿빛은 아닐까요?

정치가나 지도자는 아버지와 같은 상황을 피할 수 없습니다. 한 사회는 하나의 사안을 아주 다양한 관점으로 바라보는 사람들로 이루어져 있기 때문입니다. 서로의 의견이나 요구들이 천차만별이어서 모두를 충족시키기는 쉽지 않습니다. 그런 상황에서도 정치가는 선택하고 결정을 해야 합니다. 그 선택과 판단을 어떻게 하는 것이 좋을까요?

물론 자신의 의견과 관점을 버리고 다른 사람을 맹목적으로 따르는 것은 문제가 있습니다. 그것을 공자는 부화뇌동(附和雷同)이라고 했습니다. 하지만 반대로 다른 사람의 의견이나 생각에 아랑곳 하지 않고 자신의 원칙과 소신만을 절대시 하는 것도 바람직하지 않습니다. 그것을 '소신의 물신화'라고 부릅니다. 자신의 원칙과 소신만 밀고 나가는 사람은 타인의 말을 들어도 귀머거리처럼 행동합니다.

타인을 이해하고 타인의 의견과 자신의 의견을 조화시켜 적절하게 문제를 해결할 수 있는 능력을 사회적 지능(social intelligence)이라고 합니다. 사회적 지능을 발달시키기 위해 필수적인 것이 바로 소통입니다. 모든 사람들은 자신의 관점으로 세상을 봅니다. 소통을 해야 자신의 관점을 넘어 다른 사람들이 본 세상을 알 수 있습니다. 우물 안 개구리는 자기가 본 좁은 하늘이 전부라고 생각하거나 최고라고 믿습니다. 우물 안 개구리가 우물을 벗어나기 위해 꼭 필요한 것이 소통입니다. 소통이 우물 안 개구리가 더 넓은 하늘을 상상할 수 있는 유일한 방법입니다. 소통한다는 것은 다른 의견들을 서로 교환하고 존중하고 이해하고 공감하고 설득하는 과정입니다. 간단히 말해 소통은 서로 협력하는 것입니다.

정치인의 가장 큰 자질은 원칙과 소신을 지키는 힘이 아니라 여러 사람의 다양한 입장에서 사물을 바라보려는 태도입니다. 그것은 소통의 능력에 달려 있습니다. 원칙과 소신을 지킨다는 명분으로 다른 사람의 견해나 의견을 무시하는 경우가 종종 있습니다. 정치 지도자가 자신의 원칙과 소신을 지킨다는 명목으로 민심을 헤아리지 않는다면 어떻게 될까요? 그러면 정치 지도자의 원칙과 소신은 독단과 독선이 되고 맙니다. **원칙과 소신을 신성시 하는 것은 베이컨이 말한 '동굴의 우상'을 숭배하는 것과 같습니다. 그 우상을 깨기 위해서는 소통을 통해 서로 협력해야 합니다.** 협력한다는 것은 타인의 의견들을 무시하지는 않지만 그 의견들에 무조건 따르지 않고 스스로 '판단'하는 것입니다. 민주주의자의 유일한 원칙과 소신은 '더 많이 묻고, 더 많이 듣고, 더 많이 보고 스스로 판단해야 한다.'는 것입니다.

판단(判斷)의 원래 뜻은 구분하고 나눈다는 의미입니다. 그 뜻에 따르면 판단한다는 것은 더 많은 의견을 듣고 수집하여 그 의견들을 검토해보고 그 차이들을 비교하여 비판적으로 결정하는 것입니다. 이 판단의 과정이 없다면 자신의 원칙에만 의존하거나 타인의 의견에 맹

목적으로 따르게 됩니다. 좋은 판단은 거미처럼 자신이 갖고 있는 원칙에만 기대는 것도 아니고 개미처럼 다른 사람의 의견만을 맹목적으로 따르는 것도 아닙니다. 좋은 판단은 꿀벌처럼 하는 것입니다. 꿀벌은 뜰이나 들에 핀 꽃에서 재료를 구해다 자신의 힘으로 변화시키고 소화해 꿀을 만듭니다. 꿀벌이 꽃가루를 모으고 그것을 꿀로 변화시키는 과정이 바로 소통과 판단입니다.

아버지의 불행한 결말은 원칙과 소신이 없어서가 아니라 바로 소통과 판단의 부재 때문에 일어났습니다. 민주주의자는 소신과 원칙을 지키는 것보다 다른 사람과 소통하고 협력하는 것을 더 중요하게 생각합니다. 소통은 단순히 자신의 관점을 다른 사람에게 전달하는 것이 아닙니다. 자신의 관점을 일방적으로 전달하려는 사람은 보통 듣는 사람을 우둔하게 생각하고, 자신의 입장으로 쉽게 영향을 줄 수 있다고 생각하기 때문입니다. 그런 우월 의식이나 일방적 태도는 소통이 아닙니다. 소통은 서로를 존중하며 상대를 이해하려는 노력 속에서 서로 반응하고 토론하며 대화를 하는 것입니다. 꽃가루를 꿀로 만드는 과정입니다. 더 좋은 판단을 하기 위해 많은 사람들과 진행하는 협력적 작업입니다. 좋은 민주주의를 위해서는 이 소통과 협력적 작업을 발전시켜야 합니다. 다양성이라는 인간의 조건에서 인간으로 산다는 것은 곧 소통하는 것입니다. **아버지는 마을 사람들 뿐만 아니라 아들과 말과도 소통했어야 합니다.**

4 고슴도치와 웅덩이에 빠진 여우

포기하지 말아요!

새로운 진드기가 몰려 올 것이라는 여우의 걱정이 기우(杞憂)만은 아닙니다. 고슴도치와 함께 진드기를 떼어 내도 진드기는 또 달려들 것이 분명합니다. 그래서 민주주의는 항상 위기에 처해 있습니다. 그 위기는 어디로부터 오는 걸까요? 위기는 사라지지 않는 진드기가 아니라 진드기의 존재를 숙명으로 받아들이는 '우울한 절망'에서 옵니다.

여우 한 마리가 깊은 웅덩이에 빠지고 말았습니다.

발버둥 쳤지만 웅덩이는 너무 깊어 빠져 나올 수 없었습니다.

지친 여우에게 흡혈 진드기들이 순식간에 달려들었습니다.

마침 그때 고슴도치가 웅덩이에 빠진 여우의 앓는 소리를 들었습니다.

여우 몸에 달라붙어 있는 진드기를 보고는 안쓰러운 마음에 고슴도치가 물었습니다.

'여우야, 여우야, 내가 진드기를 떼어 줄까?'

그러자 여우는 딱 잘라서 거절했습니다.

'이놈들은 이미 내 피를 배부르게 빨아먹어서 이제 조금씩 밖에는 못 빨아먹을 거야. 헌데 지금 이놈들을 쫓아내면, 날 노리는 새로운 놈들이 달려들어, 다시 내 남은 피를 전부 빨아먹겠지. 생각만 해도 끔찍하다. 지금 이대로가 좋아.'

여우가 진드기들이 우글거리는 웅덩이에 빠지고 말았습니다. 불행한 여우에게 굶주린 흡혈 진드기들이 달려듭니다. 여우는 발버둥을 쳐 보지만 속수무책(束手無策)입니다. 흡혈 진드기들은 배가 터지도록 여우의 피를 빨아먹습니다. 여우는 무엇을 어떻게 해야 할까요? 그때 고슴도치가 나타나서 방법을 알려 줍니다. 자신이 도울 테니 진드기들을 떼어 내자는 것입니다. 그런데 이게 웬일입니까! 여우는 구원자로 나타난 고슴도치의 구조 손길을 거부합니다. 심지어는 지금 자

신의 피를 빨아먹고 있는 흡혈 진드기의 편을 들기조차 합니다. 여우는 왜 자포자기(自暴自棄)한 걸까요? 왜 자신을 돌보지 않고 학대하는 걸까요?

여우가 아무 생각이 없어서 그런 것은 아닙니다. 여우의 계산은 이런 것입니다. 지금 몸에 달라붙어 있는 진드기들은 이미 충분히 피를 빨아먹었기 때문에 더 이상 많이 먹지는 못할 것입니다. 그리고 여우는 이 상태에 익숙해져 있어서 그런대로 지낼 만합니다. 만약 진드기를 떼어 내면 주위에서 기회를 엿보던 다른 굶주린 진드기들이 덤벼

들어 남은 피를 깡그리 빨아먹을지도 모릅니다. 미래의 불안 앞에서 여우는 지금의 상태가 최선이며 새로운 변화는 상황을 더 악화시킬 것이라고 믿고 있습니다. 꾹 참고 지내는 것만이 상책이라고 믿고 있습니다. 이쯤 되면 몸에 달라붙어 있는 흡혈 진드기에게 제발 떠나지 말아 달라고 사정이라도 해야 할 판입니다.

이솝의 이 우화는 아리스토텔레스의 수사학을 통해 전해지는 이야기입니다. 아리스토텔레스에 따르면 이솝이 이 이야기를 하고 있는 상황은 이렇습니다. 어떤 관리가 부정한 방법으로 많은 이익을 챙겨 시민들에게 큰 해를 입혔습니다. 그 사실을 알게 된 시민들이 관리에게 무거운 처벌을 내려야 한다고 요구했습니다. 그때 이솝이 이 우화를 시민들에게 들려줍니다. 흡혈 진드기처럼 시민들의 피를 빨아먹은 관리를 엄히 처벌해야겠지만 그 자리에 다른 관리가 온다고 해도 상황이 나아질 거라는 보장이 없지 않느냐고 시민들을 설득합니다. 이미 해 먹을 대로 해 먹은 관리는 오히려 이제는 큰 욕심을 부리지 않을 것이지만, 새로운 관리가 오면 주린 배를 채우느라 정신없이 해 먹을 것이라고 말합니다. 이솝의 이 이야기는 언뜻 보기에 부패한 관리를 사면시켜 주려는 의도 같지만 모든 관료들이 썩을 대로 썩어있는 현실을 조롱하거나 체념하는 것으로도 들립니다.

이 이야기는 좀 더 깊이 살펴 볼 필요가 있습니다. 이솝의 여우는 왜 진드기를 떼어 주겠다는 고슴도치의 구조 손길을 외면하는 걸까요? 여우의 이러한 태도는 심리학에서 말하는 '스톡홀름 증후군'을 생각나게 합니다. 스톡홀름 증후군이란 피해자가 범인에게 순응하거나 돕는 현상을 설명하는 심리학의 용어입니다. 1973년 스톡홀름의 한 은행에서 6일간 인질로 잡혔던 사람들은 인질범이 자신들을 죽이지 않았다는 사실에 고마움을 느꼈다고 합니다. 그래서 그들은 법정에서 인질범들에게 유리한 증언을 하는 등 인질범들을 옹호했습니다. 스톡홀름 증후군은 절망적 두려움의 상태에 놓인 피해자가 현 상태에 안주하거나 가해자에게 동조하게 되는 상황을 잘 보여 줍니다.

그렇습니다. 문제는 두려움과 절망입니다. 이 우화의 우울한 절망감은 너무나 익숙한 우리의 현실이기도 합니다. 대한민국은 권력의 남용, 부정부패, 양극화, 불통과 불신이 시민들의 살과 영혼을 먹어 치우는 커다란 웅덩이 같습니다. 그 안에서 시민들은 여우처럼 지독한 흡혈 진드기들에게 이리 물리고 저리 물리며 살아가고 있습니다. 그러면서도 떼어 내면 죽을 것처럼 진드기들을 몸에 달고 삽니다. 재벌들은 자신의 배만 불리는데도 그들이 잘 돼야 모두가 잘 살 수 있다고 서민들은 믿습니다. 그래서 재벌이 필요로 하면 언제든지 나라의 곳간을 탈탈 털어서 그들에게 다 내어 줍니다. 관료와 정치인들도 웅덩이의 진드기들과 다를 바가 없습니다. 온갖 특권을 누리고 부정부패를 일삼지만 시민들은 그들에 맞서지 않습니다. 다른 사람으로 바꿔

봤자 그놈이 그놈이라고 포기하고 맙니다. 그들에게 맞선다는 것은 계란으로 바위 치기고, 그래봤자 세상은 쉽게 달라지지 않는다고 믿습니다. 오히려 상황은 더 악화될 것이라는 불안만 가득합니다. 그 불안을 구관이 명관이라는 오래된 말로 위로합니다. 지독한 비관주의가 온 나라에 만연해 있습니다.

구조를 거부한 여우의 선택은 그런 절망과 두려움의 주술에 무릎을 꿇은 것입니다. 두려움이야말로 인간의 마음을 잠식하고 병들게 합니다. 고슴도치의 구조 손길을 거부한 여우의 선택이 결국은 자신을 죽음에 이르게 할 것입니다. 여우를 죽음에 이르도록 하는 절망과 두려움은 도대체 어디로부터 온 것일까요? 그것은 진드기의 공포에서 온 것이 아닙니다. 웅덩이 속에 홀로 고립되어 있는 상황 자체가 두려움의 근본적인 조건입니다. 고립된 상황에서 개인은 쉽게 두려움에 빠져 들고 조작된 공포에 훨씬 더 취약해 집니다. 두려워해야 할 것은 두려움 그 자체입니다. 그래서 중요한 것은 우선 두려움에서 벗어나는 것입니다. 두려움을 조장하는 주문을 풀어야 합니다.

주문을 풀 수 있는 유일한 길은 고슴도치의 손을 잡는 것입니다. 손 잡고 함께 연대할 때 두려움을 이겨낼 힘이 생깁니다. 고슴도치의 손을 잡는다면 두려움 속에서도 무엇인가를 새롭게 시작할 할 용기가 생깁니다. 진드기들은 사라지지 않겠지만 두려움은 사라질 수 있습니다. 그 용기로 작은 일부터 함께 해 나갈 수 있습니다. 변화가 불가능하다는 낙담이 아니라 한 마리씩 진드기를 떼어 내는 일을 시작할 수 있습니다.

물론 새로운 진드기가 몰려 올 것이라는 여우의 걱정이 기우(杞憂)만은 아닙니다. 고슴도치와 함께 진드기를 떼어 내도 진드기는 또 달려들 것이 분명합니다. 그래서 민주주의는 항상 위기에 처해 있습니다. 그 위기는 어디로부터 오는 걸까요? 위기는 사라지지 않는 진드기가 아니라 진드기의 존재를 숙명으로 받아들이는 '우울한 절망'에서 옵니다. 그 절망은 우리를 무기력하게 만들거나 정반대로 극단적인 행동을 하도록 부추기기도 합니다. 하지만 그것이 전부는 아닙니다. 절망 속에서 우리는 민주주의를 향한 강렬한 희망을 가질 수도 있습니다. 희망은 절망하는 자의 몫입니다. 희망 없이 억압적이고 불의한 권력에 스스로 복종할 때 민주주의는 타락하고 맙니다. 희망 없이 폭력 등 극단적인 행동을 할 때 희망의 씨앗마저 죽고 맙니다. 시민들이 서로를 방치하지 않고, 불의한 지배에 함께 저항할 때 민주주의는 새로운 시작을 위한 희망이 될 것입니다. **고개를 들어 보면 손을 내미는 고슴도치는 어디에도 있습니다.**

5 개구리와 물뱀

독재자라도 괜찮다고요?

개구리들은 잘 살 수만 있다면, 안전만을 지켜 준다면 독재자라도 괜찮다고 생각했습니다. 물뱀은 개구리들이 스스로 원해서 연못으로 왔습니다. 개구리들은 스스로를 물뱀의 먹이로 바쳤던 것입니다.

한적한 연못에 개구리들이 모여 살았습니다.
그들은 힘센 왕이 필요했습니다.
신에게 멋진 왕을 내려 달라고 빌었습니다.
거듭되는 요구에 신은 마지못해 연못 가운데로 통나무 하나를 던져 주었습니다.
처음에는 경계하던 개구리들이 그 통나무를 올라타고 밟아 대며 놉니다.
그러나 통나무는 별것 아니었습니다.
실망한 개구리들은 진짜 힘이 센 왕을 보내 달라고 다시 애원했습니다.
신은 마지못해 물뱀 한 마리를 내려 보냈습니다.
멋지고 늠름한 물뱀이 연못에 나타나자 개구리들은 기뻤습니다.
출출해진 뱀이 개구리를 한 마리씩 잡아먹기 시작했습니다.
그제야 개구리들은 살려 달라고 신에게 매달렸지만 신은 들어주지 않았습니다.

평화로운 연못에서 개구리들이 오순도순 모여 살았습니다. 그런 개구리들에게 왜 갑자기 왕이 필요했을까요? 짚이는 데가 있긴 합니다. 우선 외부로부터의 위협이 증가했을 수 있습니다. 덩치 큰 황소개구리가 나타났다거나 천적인 족제비나 쥐들이 늘어난 것이지요. 이런 경우라면 위협을 막아 줄 힘센 왕이 제격입니다. 내적인 무질서와 혼란이 심각해졌을 가능성도 배제할 수는 없습니다. 가령 개구리들이 늘어나면서 개구리들끼리의 경쟁이 치열해져 싸움과 다툼이 심해진 것이지요. 만약 그렇다면 싸움을 말리고 연못의 질서를 잡기 위해 시시비비(是是非非)를 가려 줄 누군가가 필요했겠지요. 그럴 경우라면 공정하고도 권위 있는 법과 재판관이 있어야 합니다. 마지막으로는 더 많은 개인적인 자유가 필요했을지도 모릅니다. 개구리들은 먹이나 잡고 가족들과 여행도 다니며 즐겁고 편하게 살고 싶었을지도 모릅니다. 그러기 위해서는 누군가가 연못을 계속 쾌적하게 유지하고 이런 저런 일들을 잘 관리해야 합니다. 시급하게 일 잘하고 충실한 관리자가 필요하겠지요.

어쨌든 개구리들은 왕을 원했습니다. 그런데 문제가 하나 있습니다. 누가, 왜 개구리들을 위해 그렇게 힘든 일들을 맡아 주려고 할까요? 아무런 보상도 없이 개구리들의 안전을 지키고 문제를 해결해 주고 연못을 관리해 줄 멋진 왕이 있을까요? 만약 개구리들이 누구를 왕으로 삼는다면 그에게 많은 권한과 권력을 주어야 하고 그에게 복종하겠다는 약속을 해야 합니다. 자신들이 잡은 먹이도 얼마쯤 떼어서 그에게 바쳐야 합니다. 안전과 평화로운 삶을 위해서 개구리들은 자신들의 권리와 자유를 얼마쯤은 희생해야 하는 것입니다. 반면에 왕은 개구리들로부터 거둬들인 권력과 권위, 부를 갖게 됩니다.

이솝의 이 우화와 비슷한 우화 하나가 있습니다. 스테시코로스라는 사람이 들려 준 이야기입니다. 그는 이솝과 비슷한 시대에 그리스에서 살았던 사람입니다. 그의 이야기는 아리스토텔레스가 자신의 수사학에서 소개하고 있는데, 이솝의 이야기와 흡사합니다.

"느닷없이 나타난 멧돼지 한 마리가 말이 살고 있는 초원을 쑥대밭으로 만들고 말을 위협하기까지 했습니다. 화가 난 말은 한 사람에게 멧돼지를 제압해 줄 것을 부탁했습니다. 그 사람은 멧돼지를 제압하기 위해 자신이 말의 입에 재갈을 물리고 말 등에 올라타 칼을 차고 다녀야 한다는 조건을 제시했습니다. 말은 그 요구를 들어 주어 멧돼지에게 복수를 했습니다. 하지만 말은 입에 재갈을 문 채, 평생 동안 그 사람을 등 위에 태우고 다녀야 했습니다."

사람이 올라타는 순간부터 말은 자유를 잃고 사람의 종노릇을 하게 되었습니다. 말은 멧돼지에게 복수하는 데만 집착해서 자신의 자유는 내팽개치고 사람의 종이 되고 만 것입니다. 말에게는 참 난처한 상황입니다. 멧돼지로부터 안전을 위협 당하고 있는 상황에서 안전을 위해서는 자신의 자유를 포기해야 하니 말입니다.

개구리들도 말과 같은 어려움에 빠졌던 것입니다. 안전도 지키고 자신들의 자유도 누리기 위해서 개구리들은 어떤 선택을 해야 할까요? 어려운 선택 앞에 선 개구리들에게 신은 엉뚱하게도 통나무 왕을 내려줍니다. 신은 왜 통나무를 왕으로 내려 주었을까요? 이 통나무는 '법치와 자치'라는 두 가지 의미를 갖고 있습니다. 고대 그리스에서는 법조문을 나무로 된 판자에 새겨서 사람들이 볼 수 있도록 했습니다. 통나무는 '법'이었던 것입니다. 신은 개구리들에게 지배자의 힘에 의해서가 아니라 법에 따라 질서 있고 평화롭게 살라는 의미로 통나무를 내려 주었습니다.

다른 한편으로 통나무를 내려 준 신의 의도는 개구리들 스스로 자신들의 연못을 꾸려가는 자치의 능력을 키워 주려는 것이었습니다. 신은 개구리들이 동료들과 사이좋게 지내고 함께 살아가는 터전인 연못에 관심을 갖게 해 줄 왕이 필요하다고 생각한 것입니다. 연못에 관심이 없고 동료들과 사이좋게 지내지 못하는 상황을 바꾸는 데는 통나무 왕이 제격입니다. 연못 한가운데 떠 있는 커다란 통나무 위로 몰려나온 개구리들은 그 위에서 햇볕도 쬐고 이야기도 하고 먹이도 함께 나눕니다. 함께 통나무 굴리기 놀이도 합니다. 새나 족제비가 공격을 하면 얼른 통나무 아래로 숨을 수도 있습니다. 통나무는 개구리들 위에서 군림하거나 대단한 것을 하지는 않지만 연못에 관심을 갖게 하고 동료들을 서로 연결시켜 줘서 개구리들의 삶과 연못의 풍경을 바꾸었습니다. 통나무 왕은 그야말로 무위이치(無爲而治)를 실천한 것입니다.

이렇듯 통나무 왕은 법에 의한 통치와 개구리 스스로의 자치를 가능하게 해 주었습니다. 그러나 개구리들은 통나무 왕을 통해 가능해진 법치와 자치를 불편한 것으로 여기고 내팽개칩니다. 그리고는 법 위에서 지배하는 강력한 지도자를 원합니다. 그 강력한 지도자가 자신들의 안전과 이익을 가장 잘 지켜 줄 것이라고 믿기 때문입니다. 하지만 그런 왕이 개구리들의 안전과 평화를 거저 지켜 줄 리는 만무합니다. 그런데도 개구리들은 잘 살 수만 있다면, 안전만을 지켜 준다면 독재자라도 괜찮다고 생각했습니다. 물뱀은 개구리들이 스스로 원해서 연못으로 왔습니다. 개구리들은 스스로를 물뱀의 먹이로 바쳤던 것입니다.

이솝이 살았던 아테네의 폴리스에서도 독재자가 종종 나타나 민주주의를 허물고 독재 정치를 했습니다. 이솝과 친분이 있었던, 아테네 민주주의의 아버지라 할 수 있는 솔론도 결국 독재자 페이시스트라토스에게 밀려났습니다. 독재자가 법을 유린하고 시민들의 자유를 빼앗아도 안전과 이익이라는 유혹 앞에서 시민들은 독재자의 편이 되었습니다. 솔론은 독재자를 지지하는 시민들에게 이 우화와 거의 같은 내용으로 시를 써 걱정했습니다.

"그대들이 이런 고생을 하는 것은 그대들이 비겁했던 것이니, 신들을 원망하지 마라. 그대들은 호위대를 붙여주며 찬탈자의 힘을 키우더니, 그

로 인해 지금은 비참한 노예가 되었구려."

민주주의 국가에서도 시민들은 개구리들처럼 언제든지 독재자를 불러들일 수 있습니다. 시민들이 독재자를 원하고 그에게 복종하게 되는 가장 큰 이유는 안전과 이익이 사라질 수 있다는 두려움과 공포 때문입니다. 이 두려움과 공포의 바이러스에 감염된 시민들은 안전하고 잘 살 수만 있다면 누가 어떻게 지배해도 상관없다는 생각을 하게 됩니다. 독재를 막아 줄 법치와 자치를 내팽개치고 마는 것입니다. 결국 힘 센 사람이 왕의 자리를 차지해 법 위에 군림하고 자신의 이익을 위해 법을 이용하게 됩니다. 결국 독재자는 통제 불가능한 거대한 괴물이 되고 시민들은 노예로 전락하고 맙니다.

개개인의 자유도 보장하고 집단의 안전과 평화도 지키기 위해 고안된 것이 바로 민주주의입니다. 법 앞에서 모두가 평등하고 평등한 시민들이 서로 함께 통치에 참여하는 것이 민주주의입니다. 민주주의에서 법은 일방적인 구속이나 통제가 아니라 함께 살기 위해 시민들 스스로가 함께 정한 약속입니다. 그런 법에 의한 통치란 누구도 법 위에 설 수 없고 법 앞에서 어떤 특권도 인정하지 않는 것입니다. 자치란 권력의 자리를 비워 두지 않고 시민들이 공동의 일에 참여하여 스스로 통치하는 것입니다. 민주주의의 자유는 바로 이 법치와 자치를 통해서 가능합니다. **법치와 시민의 자치는 민주주의라는 열차가 달리는**

철로입니다. 그 철로가 끊기면 민주주의도 멈춥니다. 그것이 바로 연못의 개구리들에게 닥친 비극이었습니다.

6 개와 늑대

사람이 빵으로만 사나요?

살기 위해 빵에만 집착할 때 자신의 생존 자체를 빵을 주는 이가 결정하게 됩니다. 지배와 피지배의 관계가 생겨나는 것입니다. 이런 상황은 여우를 피하려다 호랑이를 만나는 꼴입니다.

산에서 개와 늑대가 만났습니다.
개는 털에 윤기도 흐르고 살도 토실토실했습니다.
밤에 도둑을 지키는 대가로 주인이 주는 빵이며 고기 뼈다귀를 맘껏 먹기 때문입니다.
반면에 먹이 하나를 구하려면 온종일 산을 헤매야 하는 늑대의 꼴은 말이 아니었습니다.
늑대는 개가 부러웠습니다.
그런 늑대를 딱하게 여긴 개가 늑대에게 편히 살고 싶으면 함께 가자고 말했습니다.
늑대는 고마워하며 개를 따라 나섰습니다.
한참을 따라가던 늑대는 개의 목에 있는 상처를 보았습니다.
주인이 개의 성질을 사납게 하려고 낮에는 단단히 묶어 둔다는 것입니다.
사정을 알게 된 늑대는 가던 길을 멈추고 개에게 말했습니다.
"차라리 지금처럼 자유롭게 사는 게 더 낫겠어. 사슬에 묶여 있기는 싫어."

자유가 없다면 삶이 무슨 의미가 있을까요? 그런데 빵 없이도 그 자유가 가능할까요? 이솝은 도스토예프스키의 대심문관처럼 웅장하지는 않지만 개와 늑대를 '빵이냐 자유냐'라는 문제 앞에 세웠습니다. 끼니도 못 해결하는 늑대가 빵이 아니라 자유를 부르짖습니다. "쫄쫄 굶는 주제에 자유 타령이라니!", "빵도 못 먹는데 자유와 민주주의가 무슨 의미가 있냐!?", "자유는 먹고살 만한 사람들의 장식품이지 우리 같은 처지에 먹고사는 것보다 더 중요한 게 어딨어?!". 늑대의 뒤통수에 대고 개는 아마 그렇게 소리를 질렀을 것입니다.

며칠을 굶었는지 늑대의 꼬락서니는 말이 아닙니다. 그런 늑대의 눈앞에 털에서 윤기가 좔좔 흐르는 개가 나타났습니다. 개는 먹을 것 걱정 없이 풍요롭고 평화로운 자신의 삶을 자랑합니다. 늑대의 꼴을 보고는 측은지심(惻隱之心)이 생겨 늑대를 도와주고 싶었습니다. 자신을 따라오면 팔자가 필 것이라며 함께 마을로 가자고 늑대의 손을 잡아끕니다. 듣자하니 오뉴월 개 팔자가 부럽기도 합니다. 늑대는 결국 개를 따라 나섭니다.

개와 늑대는 이런 저런 얘기를 하며 한참을 걸었습니다. 개가 사는 마을에 거의 다 왔을 때 늑대는 우연히 개의 목에서 목줄의 흔적을 발견하였습니다. 어찌된 영문인지 묻습니다. 개는 별 거리낌 없이 대답해 줍니다. 도둑을 잘 잡으려면 성질이 사나워야 해서 주인은 낮 동안에 개의 목을 단단히 매어 둔다는 것입니다. 늑대는 그 말을 듣고는 뒤도 돌아보지 않고 자신이 살던 숲속을 향해 뛰어갔습니다. 개의 빵은 주인의 지배를 받아들인 대가라는 것을 알았던 것입니다. 늑대는 '자유가 밥 먹여 주냐.'는 개의 나무람에 개의치 않았습니다. 물론 늑대는 먹이를 찾느라 온 숲을 뛰어다니거나 굶는 날도 있을 것입니다.

이 이야기는 단순해 보이지만 해결하기 쉽지 않은 문제를 담고 있습니다. 인간이 자유롭기 위해서는 우선 어떤 억압이나 구속으로부터 벗어나야 합니다. 늑대는 목줄에 매여 주인에게 빵을 얻어먹는 개의 삶을 구속이라고 생각했습니다. 하지만 문제는 그리 간단치 않습니다. 과연 개의 목줄만 구속일까요? 늑대의 굶주림은 구속이 아닐까요? 삶을 포기할 생각이 아닌 이상 살기 위해서는 먹어야 합니다. 먹을 것을 얻기 위해서는 힘들게 일을 해야 합니다. 일을 해도 얻지 못할 경우라면 먹을 것을 가진 사람에게 사정이라도 해야 합니다. 복종이 굶주림에서 벗어날 수 있는 기회가 될 수 있는 것입니다. 개도 굶주림이라는 구속에서 벗어나기 위해 목줄의 구속을 선택했던 것입니다.

그렇다면 개의 목줄은 '자유를 위한 강제'라고 생각할 수 있지 않을까요?

목줄을 거부한 늑대는 어떻습니까? 다시 숲으로 돌아간 늑대는 먹이를 구하느라 온종일 산을 누비며 하루하루를 힘겹게 살아야 합니다. 목줄의 구속을 피했지만 다시 생존을 보장할 수 없는 상황에 놓이게 된 것입니다. 개의 구속과 늑대의 구속에는 어떤 차이가 있을까요? 도대체 어떤 차이가 있기에 늑대는 개의 호의에도 아랑곳 않고 숲으로 돌아갔을까요? 늑대는 왜 먹고사는 것보다 자유를 더 중요하게 생각하는 걸까요? 늑대는 아직 배가 덜 고파서 그런 걸까요?

우선 이솝 자신의 말을 더 들어보아야겠습니다. 이 우화와 비슷한 상황이 있었습니다. 이솝이 사모스 섬에서 노예로 살고 있었을 때, 당시 강국이었던 리디아의 크로이소스 왕이 사모스 인에게 세금과 조공을 바칠 것을 요구했습니다. 난처한 상황에 빠진 사모스 인들은 현명하다고 알려진 이솝에게 조언을 구했습니다. 이솝은 조공을 바치며 안전을 구할 것이 아니라 자유를 택하는 편이 낫다고 사모스 인들에게 충고했습니다. 이솝이 그렇게 충고를 한 이유는 이렇습니다.

"지금 우리 삶에는 두 갈래의 길이 있습니다. 하나는 자유의 길로서 거칠게 시작하며 또한 고된 보행을 요구하지만 그 끝은 언제나 부드럽고 평탄합니다. 다른 길은 노예의 길로서 평탄하게 시작하나 그 끝은 늘 고되고 위험합니다."

여기서 자유는 억압당하지 않을 자유, 노예가 되지 않을 자유입니다. 아마도 이솝은 이 연설을 하면서 개와 늑대의 이야기를 사모스 인들에게 들려주었을 것입니다. 당장의 빵과 안전 때문에 자유를 포기하면 결국에는 더 큰 고통을 당하게 된다는 것입니다. 이솝은 왜 그렇게 생각했을까요? 왜 늑대의 선택의 끝에는 부드럽고 평탄한 시간이 올 것이라고 확신했을까요? 왜 개의 길은 고되고 위험한 최후를 맞게 되는 것일까요? 이솝의 주장은 과장된 듯하지만 중요한 사실을 담고 있습니다.

생명은 가장 근본적인 인간의 조건입니다. 사람들은 흔히 '우선은 살고 봐야 한다.'는 말을 합니다. 생존은 그 무엇과도 바꿀 수 없다는 것이지요. 그러나 생존 자체가 언제나 최우선적이고 절대적인 것은 아닙니다. 예를 들어 볼까요? 일제 강점기에 한국의 독립을 위해 자신의 목숨과 재산을 바쳤던 분들이 아주 많습니다. 많은 사람들이 독재자에 맞서 민주화를 위해 노력하다 죽거나 다치기도 했습니다. 뿐만 아니라 어렵게 들어간 직장이지만 그만둘 각오를 하고 내부의 비리를 고발하는 사람들도 있습니다. 제자들을 구하기 위해 자신을 희생한 선생님들의 이야기도 많습니다. 그런 사람들의 이야기는 자신의 생존이나 먹고사는 것 못지않게 중요한 것도 있다는 사실을 잘 보여줍니다.

사람에게는 확실히 먹고사는 것 못지않게 중요한 것들이 있습니다. 그것들을 지키기 위해 사람들은 목숨을 걸고서라도 싸웁니다. 목숨을 바쳐서라도 지키고자 하는 것 중의 하나가 바로 자유입니다. 사람은 먹고 살기 위해 태어난 것이 아니라 '자유로이 살아가기 위해' 태어났습니다. 자유가 무엇이길래 그토록 중요할까요?

빵을 위해서라면 독재도 크게 나쁠 것은 없습니다. 오히려 독재자가 더 큰 빵을 만들어 줄 수도 있습니다. 생존이 절대적인 가치라고 생각한다면 빵을 위해 자유를 포기하거나 미뤄둘 수 있습니다. 누가 어떻게 지배하느냐는 결코 중요한 문제가 아닙니다. 그러나 빵 한 조각이 인간의 진정한 행복을 가져오지 않습니다. 빵에만 집착하는 사람들은 마치 도축 업자를 위해 살을 찌우는 양떼와 다를 바가 없습니다. 이솝의 개가 빵을 빌미로 목줄을 차야 하듯 생존을 이유로 자유로운 행위는 통제되고 제한됩니다. 빵이 있어야 자유도 얻을 수 있다는 이유로 '자유를 위한 독재'를 허용하는 것입니다. 그렇게 되면 시민들은 생기를 잃게 되고 다만 부지런한 하인으로 전락하게 됩니다. 살기 위해 빵에만 집착할 때 자신의 생존 자체를 빵을 주는 이가 결정하게 됩니다. 지배와 피지배의 관계가 생겨나는 것입니다. 이런 상황은 여우를 피하려다 호랑이를 만나는 꼴입니다.

고대 아테네의 민주주의자들은 자유를 '지배하지도 않고 지배 받지도 않는 상태'로 규정했습니다. 지배란 어떤 사람에게 일방적으로 예속된 상태를 의미합니다. 그런 지배 없이 평등한 인간관계를 형성하여 함께 살아갈 수 있을 때 인간은 자유롭습니다. 그런 자유를 실현하기 위해 인간들이 서로 함께 노력하는 것이 바로 정치입니다. 자유는 애초부터 '정치의 의미'였던 것입니다. 아테네의 작가였던 에우리피데스의 작품에 나오는 한 대목을 보면 그런 정치의 의미가 잘 드러납니다. 전령 하나가 테베로부터 아테네에 도착한 후 크레온 왕의 명령을 전하기 위해 "누가 이 땅의 지배자인가?"라고 묻습니다. 이에 테세우스 왕이 이렇게 대답합니다.

> "이방인이여, 여기서 지배자를 찾는 것은 시작부터가 잘못되었네. 이 도시는 어느 한 사람에 의해서 지배되는 것이 아니라 자유롭다네. 시민들이 매년 번갈아 가면서 공직을 맡아 본다네. 우리는 부자라고 특권을 주지 않으며, 가난한 사람도 똑같은 권리를 누린다네."

아테네 민주주의의 가장 큰 특징은 시민들이 '자유를 한없이 사랑'하는 것이었습니다. 그때의 자유는 평등에 기초한 자유였습니다. 아테네 시민들이 한없이 사랑했던 자유는 법 앞에 평등한 시민들이 공동의 일에 참여하여 함께 논의하고 함께 결정할 수 있는 자유였습니다. 인간은 공동체 안에서 서로 평등하게 존중하고 인정할 때 자유로우며 그렇게 자유로울 때 가장 인간답습니다.

자유는 해방을 전제로 합니다. 빵에서도, 목줄에서도 해방되어야 합니다. 해방은 빵을 포기하는 것이 아니라 빵을 얻는 것입니다. 먹고사는 일을 해결해야 합니다. 그러나 빵을 위해서 목줄을 차서도 안 됩니다. 먹고사는 것을 해결하자고 독재를 허용해서는 안 됩니다. 그러나 빵의 문제만을 해결한 개가 자유롭지 않듯이, 목줄의 구속은 피했지만 빵의 문제를 해결하지 못한다면 늑대도 자유롭지 않기는 마찬가지입니다. 굶주림도 벗어나야 할 구속인 것은 분명하기 때문입니다.

민주주의는 빵과 목줄의 문제를 함께 해결하려는 소망을 담고 있습니다. 경제적 어려움과 정치적 억압에서 해방되었을 때 자유는 가능합니다. 그러나 민주주의가 보다 중요하게 생각하는 문제는 빵과 목줄의 구속에서 벗어나는 것이 곧 자유는 아니라는 사실입니다. 억압에서 해방된다고 해서 자동적으로 자유가 찾아오는 것은 아닙니다. 오랫동안 감옥에 있다 풀려난 사람에게 바깥세상은 오히려 두려운 현실일지도 모릅니다. **해방은 자유가 가능한 상태일 뿐입니다. 다른 말로 해방은 '소극적 자유'입니다. 해방된 개인들이 서로 의지하며 공동의 일에 관심을 갖고 참여하여 함께 이야기할 수 있을 때 자유**

는 현실이 됩니다. 그런 현실의 자유를 '적극적 자유'라고 합니다. 그런 '적극적 자유'를 위해서는 참여의 기회와 공간이 필요합니다. 그 기회와 공간을 만들자는 것이 바로 민주주의입니다. 자유는 그냥 주어지는 것이 아니라 정치적 노력의 산물인 것입니다.

7 여우와 두루미

왜 줘도 못 먹냐고요?

한 국가란 온 시민이 빠짐없이 빙 둘러앉은 하나의 식탁입니다. 모두가 식탁을 사이에 두고 빙 둘러앉았습니다. 그런데 식탁에 둘러앉은 사람들 중 누구는 맛나게 먹는 동안 누구는 먹을 수 없는 상황이라면 어떨까요? 과연 국가는 국민들을 잘 대접하고 있을까요?

여우가 두루미를 저녁 식사에 초대했습니다.
즐거운 저녁 식사를 기대하며 두루미는 여우의 집으로 갔습니다.
여우는 자신이 쓰는 넓은 접시에 음식을 담아 두루미 앞에 놓았습니다.
두루미의 긴 부리로는 접시에 담긴 음식들을 먹을 수가 없었습니다.
음식을 앞에 두고 입맛만 다시다 두루미는 집으로 돌아와야 했습니다.
돌아온 며칠 뒤 이번에는 두루미가 여우를 저녁 식사에 초대했습니다.
식탁 위의 음식들은 목이 긴 유리병에 담겨 있었습니다.
두루미가 그랬던 것처럼 여우는 입맛만 다셔야 했습니다.

여우와 두루미가 등장하는 이 이야기는 이솝의 우화 중에서 최대의 히트작입니다. 요새 정치인들에게도 이 우화는 각광을 받습니다. 협상이 실패했을 때 그 책임을 상대에게 돌리기에 이 우화는 안성맞춤입니다. 협상 파트너의 입장을 배려하거나 존중하지 않고, 대신 자신에게만 유리한 것들을 협상 테이블에 올려놓았다고 상대방을 비난할 때 이 우화는 자주 등장합니다. 그런데 이 우화는 협상의 실패를 비난하는 것보다 훨씬 중요한 민주주의의 문제를 담고 있습니다. 국민들이 행복하기 위해서는 모두에게 동등한 조건을 제공하는 것만으로는 불충분하다는 것입니다.

먼저 이 우화의 소재가 함께 식사하는 것이라는 점에 주목할 필요가 있습니다. 식사와 정치의 관계는 아주 오래된 문제입니다. 물론 요새 언론에 심심찮게 등장하는 '식사 정치'를 말하려는 것은 아닙니다. 정치인들이 누구와 밥을 먹느냐, 무엇을 먹느냐, 언제 먹느냐 등을 자신의 정치적 메시지로 이용하는 것을 '식사 정치'라고 합니다. 그야말로 밥은 메시지인 셈입니다. 이솝이 살았던 고대 그리스에서 식사와 정치의 관계는 전혀 다른 의미였습니다. 당시 많은 도시 국가들에는 시민들의 공동 식사 제도가 있었습니다. 시민이란 공동 식사의 동료들이었습니다. 국가의 식사 초대로 폴리스라는 거대한 식탁 위에서 시민들은 공동 식사를 하며 서로 친구가 되었습니다. 토마스 모어는 자신이 설계한 유토피아에 이 공동 식사 제도를 다시 도입하기도 했습니다.

고대 그리스에서 공동 식사 제도는 한편으로는 종교적 성격이 있었지만 정치적 역할도 컸습니다. 아리스토텔레스는 공동 식사 제도야말로 민주주의의 중요한 요소라고 말합니다. 시민들은 공동 식사에 참여해 서로 대화와 논쟁을 통해 자신들의 도시에서 일어난 정치적이거나 윤리적인 일들을 가지고 이야기했습니다. 그러면서 시민들은 서로의 우애를 돈독히 할 수 있었습니다. 그 돈독해진 우애가 전쟁에서도 '식탁의 동료를 버려서는 안 된다.'는 신념을 낳았습니다. 공동 식사야말로 일상적인 정치 행위였던 것입니다.

공동 식사 제도에서는 비용의 문제가 중요했습니다. 민주주의가 발달한 도시 국가들에서는 공동 식사의 비용을 공금으로 댔습니다. 각자가 비용을 부담하면 그들 중 더러는 너무 가난하여 비용을 댈 수 없을 것이기 때문입니다. 그렇게 되면 결국은 공동 식사가 민주적인 의도와는 정반대의 상황으로 바뀌고 맙니다. 모두가 공동 식사에 초대받았지만 아주 가난한 사람들은 비용을 댈 수 없어 공동 식사에 참여할 수 없게 되는 것이지요. 만약 시민이어서 이 자리에 갈 자격은 있지만 빠듯한 살림 때문에 비용을 못 대 참여할 수 없다면 경제적 조건이 정치적 불평등을 낳는 꼴이 됩니다. 식탁에 앉을 동등한 기회가 있더라도 경제적 형편에 따라 식사는 할 수 없게 되는 것입니다.

여우와 두루미는 가족이 아닙니다. 가족은 밥상 공동체입니다. 그래서 가족을 식구(食口)라고 하지요. 식구란 끼니를 해결하느라 함께 밥을 먹는 사람들이라는 뜻입니다. 그들의 밥은 생존과 생명입니다. 그러나 여우와 두루미처럼 가족이 아닌 이들의 초대와 식사는 끼니를 때우려는 것만은 아닙니다. 낯선 이들이 함께 식사하는 것은 생존이 아니라 관계를 형성하기 위한 것입니다. 그렇게 관계를 형성하여 함께 우애를 나누며 살 때 인간은 '행복감'을 느끼는 법입니다.

여우와 두루미는 새로 알게 된 사이입니다. 그들은 좋은 친구가 되고 싶었습니다. '음식 끝에 정 난다.'고 하지 않습니까? 제대로 된 대접은 초대 받은 사람들에게 인정과 존중의 감정을 주어 우애를 깊게 해 줍니다. 여우와 두루미는 음식을 나누며 식탁 위에 수많은 이야깃거리들을 올려놓고 대화하며 서로를 이해하고 싶었습니다. 그렇게 보내는 밤이야 말로 그들이 서로를 식탁에 초대한 진정한 이유였습니다. 그러나 음식 끝에 마음이 상할 수도 있습니다. 음식이 목적은 아니었지만 음식을 제대로 나누지 않으면 화기애애한 분위기가 생기기는 힘듭니다. 여우와 두루미에게도 그런 일이 벌어지고 말았습니다. 음식으로 정을 나누고 싶었던 여우와 두루미의 계획은 어그러지고 만 것입니다. 무엇이 어디에서 잘못되었을까요?

식탁과 식탁 위의 음식은 서로를 이어주는 '사이'입니다. 그 '사이'가 낯선 이들을 이어 주기 위해서는 중요한 조건이 있습니다. 식탁에 둘러앉은 이들을 정성껏 대접해야 한다는 사실입니다. 그렇게 대접해야 식탁에 둘러앉은 사람들이 평등해집니다. 그런 대접이 없다면 식탁에 함께 둘러앉았다는 것만으로 서로가 평등해지기는 어렵습니다. 좋은 대접의 조건은 두 가지입니다. 식성에 따라 그릇에 담길 음식의 양과 종류는 다르더라도 어느 누구의 그릇도 비워 두지 않아야 합니다. 그리고 식탁에 앉은 모두가 실제로 차려진 음식을 불편 없이 먹는지 살펴보아야 합니다. 간단히 말해 좋은 대접은 식탁에 앉은 사람들의 차이에 관심을 갖고 존중하며 배려하는 것입니다.

이 우화는 우리에게 중요한 점을 일깨워 줍니다. 함께 식탁에 둘러앉아 있다는 것만으로 모두가 식사를 하고 있는 것이 아니라는 사실 말입니다. 어른과 아이, 여자와 남자는 같은 상에서 밥을 먹을 수 없던 시절이 있었습니다. 이제 그런 차별은 더 이상 없습니다. 모두를 위해 식탁 앞에 자리가 마련되어 있습니다. 그러나 그 앉을 기회의 평등만으로는 부족합니다. 초대 받은 모두의 자리는 마련되어 있지만 그 자리에 앉은 누군가는 밥을 먹지 못하고 있습니다. 대접 받지 못하고 있는 것입니다. 왜일까요? 왜 두루미는 여우에게 자신의 불편함을 말하지 않았을까요? 여우의 초대만으로도 고마웠던 걸까요? 여우는 짧지 않은 식사 시간 동안 먹지 못하는 두루미를 왜 방관했을까요? 초대해서 식탁 위에 자신의 밥과 같은 밥을 차려 내놓은 이상 먹고 못 먹고는 두루미의 문제라고 생각했던 것일까요? 어쨌든 불편함을 감내하고 그 불편함을 방관한 후과는 너무도 컸습니다. 그날 밤, 식탁을 사이에 두고 함께 대화하고 서로 이해하고 화해하며 좋은 관계를 만들 수 있었던 기회가 물거품이 되고 말았습니다. 식사보다 더 중요한 것이 있었음에도 불구하고 식사 자체가 가장 큰 문제가 되어버린 불행한 밤이었습니다.

한 국가란 온 시민이 빠짐없이 빙 둘러앉은 하나의 식탁입니다. 모

두가 식탁을 사이에 두고 빙 둘러앉았습니다. 그런데 식탁에 둘러앉은 사람들 중 누구는 맛나게 먹는 동안 누구는 먹을 수 없는 상황이라면 어떨까요? 과연 국가는 국민들을 잘 대접하고 있을까요?

같은 식탁에 초대 받아 함께 앉아 있다는 사실이 모두가 좋은 대접을 받으며 식사할 수 있다는 것을 보장하지는 않습니다. 흑인 인권 운동가였던 마틴 루터 킹 목사는 〈나에게는 꿈이 있습니다.〉라는 유명한 연설을 한 적이 있습니다. 그 연설에서 그는 이렇게 말합니다. "나에게는 꿈이 있습니다. 언젠가 조지아의 붉은 언덕에서 노예의 후손들과 노예 주인의 후손들이 형제애가 넘치는 식탁에 함께 둘러앉게 되리라는 꿈입니다." 그러나 흑인 해방을 꿈꾸었던 말콤 엑스는 킹 목사의 꿈만으로는 충분하지 않다고 생각했습니다. 그는 이렇게 말합니다. "하지만 친구여, 자네는 이 나라에서 결코 미국인으로 취급 받은 적이 없으면서 어떻게 자신을 미국인으로 간주할 수 있나? 열 사람이 탁자에 앉아 저녁 식사를 하고 있는데 내가 들어와 그들의 탁자에 앉는다고 가정하세. 그들은 먹는데 내 앞에는 빈 접시가 있네. 우리가 모두 같은 탁자에 앉는다는 사실이 우리가 모두 식사를 하는 데 충분한 것인가? 그들이 내가 먹을 음식을 놓아주지 않는 한 나는 식사를 못하네. 사람들이 식사를 하기 위해서는 같은 탁자에 앉는 것만으로는 충분하지 않다네."

여우와 두루미가 친구가 되기 위해서는 서로를 초대한 것만으로는 부족합니다. 초대해 함께 식탁에 앉아 같은 음식을 마주하고 있다는 것만으로도 충분하지 않습니다. 서로를 잘 대접해야 합니다. 서로가 지니고 있는 다양한 차이를 존중하고 배려해야 합니다. 식탁에 앉아 있는 상대의 그릇이 채워졌는지, 음식이 알맞은 그릇에 담겨 있는지, 그래서 맛있게 먹고 있는지를 서로 살피고 묻고 배려해야 합니다. 그래야 둘은 서로 친구가 되어 소통할 수 있고 함께 행복하게 살아갈 수 있습니다. **행복은 동등한 기회와 조건이 주어진다는 사실만으로는 부족합니다.** 여우와 두루미도 아마 지금쯤은 그것을 깨달았을 것입니다.

8 손과 발과 위

누가 양보해야 할까요?

배고픔보다 불균형과 격차에서 오는 상대적 박탈감이 훨씬 더 견디기 힘든 법입니다. 우리 속담에도 "가난이 싸움이다."라는 말이 있습니다. 가난 속에서는 불화가 생기기 쉽다는 말입니다. 그 불균형과 불화를 줄이기 위해 민주주의는 약한 사람들, 가난한 사람들을 좀 더 배려합니다.

손과 발은 위에게 화가 났습니다.
자신들은 온몸을 먹여 살리느라 고생 고생하는데 위는 그저 놀고 먹기 때문입니다.
손과 발은 억울했고 그런 위가 너무 괘씸해서 더 이상 참을 수가 없었습니다.
위에게 일을 하든지 그게 싫으면 굶으라고 요구했습니다.
먹이를 구할 줄 모르는 위는 당황해 손과 발에게 간절히 사정했습니다.
하지만 손과 발은 들은 척도 하지 않았습니다.
며칠 동안 위는 아무것도 먹지 못했습니다.
그러자 몸은 마르고 타들어갔습니다.
손과 발도 힘이 빠져 간신히 먹을 것을 구해왔습니다.
그러나 위는 이미 아무것도 먹을 수가 없었습니다.
위가 아무것도 먹지 못하게 되자 손과 발도 더 이상 움직일 수 없었습니다.

공동체 안에는 아주 다양한 사람들이 있습니다. 그들 모두는 자신의 소질과 능력, 처지에 따라 살아갑니다. 아리스토텔레스의 말처럼 다양성이야말로 공동체의 근본적인 조건입니다. 그러나 삶의 조건이 너무 크게 차이가 나면 문제가 생깁니다. 특히 가난한 사람들과 부유한 사람들의 격차가 클수록 사회의 통합은 어려워지고 갈등과 불화는 심해집니다. 이솝이 살았던 시대에 도시 국가 아테네도 그런 어려움을 겪고 있었습니다. 긴 시간 동안 강자가 약자들을 괴롭혔고 부자들이 특권을 누렸으며 다수의 가난한 시민들은 소수 부자들의 노예로 전락했습니다. 이솝의 이 우화는 그 시대에 나타난 갈등과 불화의 이야기입니다. 가진 자와 못 가진 자, 귀족과 평민, 지주와 농민 사이의 갈등이 위와 손발의 갈등으로 그려집니다. 자신들은 힘들게 일하는데 무위도식(無爲徒食)하는 위(胃)의 탐욕스러움에 화가 난 손과 발이 위를 혼내 주기 위해 힘을 합쳐 파업을 벌인다는 이야기입니다.

이 우화는 정치적으로 중요한 순간에 자주 등장해서 유명해졌습니다. 그때마다 해석은 천편일률(千篇一律)입니다. 신체의 각 부위가 각자 자신의 역할에 충실해야 몸이 건강하듯이 국가도 각 계급이 각자의 역할을 묵묵히 수행해야 평화롭게 유지될 수 있다는 것입니다. 플라톤은 각자가 타고난 역할을 충실히 하는 것을 '정의'라고 말합니다. 갈등과 대립으로 공멸하지 않기 위해서는 '정의'가 중요합니다. 부분들이 순응하지 않고 자신의 역할을 다 하지 않을 때 정의는 무너지고 전체는 찢겨지고 맙니다. 손과 발처럼 부당한 대우를 받는다고 불평을 하거나 파업을 벌인다면 국가는 유지될 수 없다는 것입니다. 국가가 존립하지 못하면 구성원들의 생존도 보장될 수 없겠지요. 노동자들이 파업을 해서 회사가 망하면 노동자들에게 좋을 게 뭐냐는 훈계는 새삼스러운 것이 아닙니다.

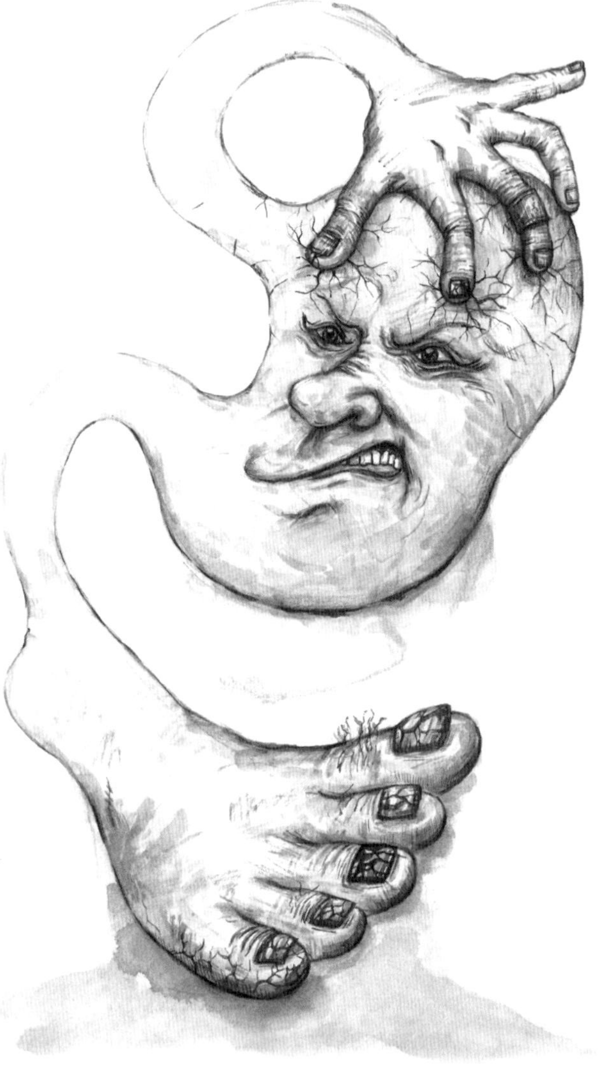

기원전 470여 년 무렵, 고대 로마 평민들이 귀족들에게 불만을 갖고 반란을 일으켜 위기에 빠졌을 때도 이 우화는 중요한 역할을 했습니다. 로마의 역사가였던 리비우스가 전하는 바에 따르면 이 우화가 필요했던 상황은 이렇습니다. 다른 나라와의 전쟁에 참가하고 있던 로마의 평민들은 귀족들이 지배하는 로마의 개혁을 요구했습니다. 귀족들은 평민들의 개혁 요구를 거부했습니다. 그러자 평민들은 전쟁을 중단하고 로마 바깥에 있던 아벤티누스 언덕으로 올라갔습니다. 외국의 군대가 쳐들어 올 것을 두려워한 귀족들은 평민들과 협상을 시도했습니다. 협상 대표로 당시에 유명했던 연설가인 메네니우스 아그리파가 파견되었습니다. 협상에 나선 아그리파는 평민들에게 이솝 우화 한 편을 들려주는데 그것이 바로 이 우화입니다. 아그리파의 설득은 성공했습니다. 귀족들과 평민들 사이에 화해가 이루어졌고 평민들은 로마군으로 다시 복귀하게 됩니다.

아그리파는 귀족을 상징하는 위를 변호하고 손과 발인 평민들을 설득하여 기존의 위계질서를 지키기 위해 이 우화를 이용했습니다. 그는 서로 화해하고 협력하지 않으면 국가가 파멸하고 그러면 생존 자체가 불가능하다는 말로 평민들을 위협했던 것이지요. 뿐만 아니라 평민들이 생각하는 불평등도 사실이 아니고 오해라고 주장합니다. 위가 놀면서 신체의 다른 부위들을 지배하거나 통제하는 것이 아니라 음식을 소화하느라 열심히 일해 다른 부분들에게 영양과 에너지를 주는 힘든 역할을 한다는 것입니다. 에라스무스는 『우신예찬』에서 이따위 말도 안 되는 이야기로 평민들을 현혹할 수 있었던 것은 평민들이 숫자만 많았지 어리석기 때문이라고 말합니다. 단순히 협력만을 강조하고 기존의 질서를 유지하기 위해 이 우화를 사용하는 것은 에라스무스의 말처럼 '허튼 수작'입니다. 왜 그럴까요? 네 가지 이유가 있습니다.

첫째, 공평의 문제입니다. 각각의 부분이 일한 만큼 적절한 사회적 평가나 보상을 받고 있는지 따져 보아야 합니다. 손과 발이 지닌 불만은 자신들도 몸을 위해 열심히 일하는데 위에 비해 사회적으로 홀대받거나 천대 받는다는 사실입니다. 모든 기관이 몸의 유지를 위해 열심히 일하는 한 공평한 대접을 받아야 하지 않을까요?

둘째, 공정의 문제입니다. 각자가 원하는 역할이나 삶의 양식을 스스로 선택할 수 있느냐는 것입니다. 손과 발과 위의 역할은 태어나면서부터 자연적으로 정해진 것이지만 한 국가에서 시민들의 역할은 태어나면서부터 결정되어서는 안 됩니다. 노예의 자손은 노예, 양반의 자손은 양반이 되었던 것처럼 태어나면서부터 운명이 결정되고 그것을 토대로 불공평한 보상과 대우를 받는다면 공정하지 못합니다.

셋째, 균형의 문제입니다. 사람 몸의 기관들이 협력하여 작동하기 위해서는 각 기관 간의 균형이 중요합니다. 국가도 조화와 협력을 위해서는 구성원들 간의 균형을 이루어야 합니다. 불공평과 불공정이 쌓이면 국가는 불균형하게 됩니다. 역할에 따라 차별하고 특별한 역할에 힘이 집중되어 있다면 몸은 병들고 국가는 기웁니다. 몸의 허약한 부위를 보양해야 하듯 사회적 약자나 어려운 처지에 놓인 사람들을 더 많이 지원하고 배려해야 균형을 이룰 수 있습니다.

넷째, 저항의 문제입니다. 몸의 균형이 깨졌을 때 열이 나고 아픈 것은 균형을 찾아가기 위해 몸이 저항하는 현상입니다. 저항할 기력이 없다면 몸의 건강은 회복 불가능합니다. 국가의 균형을 찾기 위한 갈등과 대립의 과정도 나쁜 것만은 아닙니다. 다양한 불공평, 불공정, 불균형을 시정하기 위한 갈등과 저항이야 말로 국가를 국가답게 만듭니다. 저항과 갈등, 긴장을 잘 견뎌야 국가가 건강해집니다.

이 우화의 교훈은 '몸의 한 부분이 아프면 몸 전체가 아프다는 것'입니다. 그래서 몸의 건강을 유지하려면 각 부분 간의 조화와 균형이 중요합니다. 쇠약한 부분에 기력을 넣어 주고 아픈 부분을 낳게 해야 몸이 균형을 찾습니다. 반면 한 부분이 압도적이거나 지배적인 경우에는 몸에 질병이 생깁니다. 몸도 각 부분들이 평등하면 건강하고 한 부분이 독재를 하면 병에 걸리는 것입니다. 주위의 모든 세포를 잠식하는 암세포는 가장 극단적인 독재자입니다. 그래서 가장 큰 질병으로 불리는 것입니다.

민주주의 국가의 건강함은 다양한 것들이 서로 조화와 균형을 이룰 때 얻어집니다. 배고픔보다 불균형과 격차에서 오는 상대적 박탈감이 훨씬 더 견디기 힘든 법입니다. 우리 속담에도 "가난이 싸움이다."라는 말이 있습니다. 가난 속에서는 불화가 생기기 쉽다는 말입니다. 그 불균형과 불화를 줄이기 위해 민주주의는 약한 사람들, 가난한 사람들을 좀 더 배려합니다. 그것을 포퓰리즘으로 몰아서는 안 됩니다. 빈부의 차가 크면 사회는 불안해지고 사람들은 불행해집니다. 논어에서 공자도 그 점을 잘 지적하고 있습니다. "백성이 적음을 근심하지 않고 처우가 고르지 못함을 근심하며, 백성이 가난함을 걱정하지 않고 민심이 안정되지 못함을 걱정한다." 균형을 이루기 위해서 "군자는 형편이 어려워 딱한 처지에 있는 사람들을 도와주지만 넉넉하고 부유한 부자들에게는 더 보태 주지 않아야 한다."고 한 공자의 말은 민주적 균형의 원리를 더 없이 잘 보여 주고 있습니다.

고대 아테네에서 민주주의를 지지했던 소피스트들도 사회적 불화의 주요한 원인은 부의 불평등이라고 보았습니다. 그래서 공동체의 조화를 위해서는 부자들이 이웃을 돕게 해야 한다고 주장했습니다. 민주주의를 반대했던 플라톤도 소피스트의 그 주장에는 동의했습니다. 그는 수용 가능한 격차의 정도까지 제시했습니다. "부자가 가진 재산이 가장 가난한 사람보다 네 배를 넘어서는 안 된다." 왜 그랬을까요? 부의 격차가 커지면 구성원들 사이의 신뢰와 협력이 무너져 공동체의 존립 자체가 불안해지기 때문입니다. 부의 격차를 줄이고 균형을 이루기 위해서 덜 갖은 사람을 도와야 하는 것입니다.

부의 불균형은 부의 격차로만 그치는 것이 아니라 정치의 불균형을 낳습니다. 부자가 정치적 권력도 갖게 되는 것입니다. 아테네 민주주의의 토대를 마련한 솔론은 정치적 균형을 위해 가난한 사람들의 빚을 탕감해 주었고, 가난한 사람들에게 다양한 복지 정책을 시행했습니다. 그래서 그때도 부자나 귀족들은 민주주의를 싫어했습니다. 그들은 민주주의를 '가난한 자들이 지배하는 체제'라고 적대시했습니다. 민주주의가 '아테네인들을 게으르고 비겁하고 수다스럽고 돈을 좋아하게' 만든다고 비난했습니다. 그러나 그들의 속내는 분명했습니다. 소수의 부자들만 정치에 참여하는 과두제를 원했던 것입니다. 솔론이 복지 정책을 통해 가난한 사람들의 짐을 덜어 준 궁극적인 목적은 정치적 평등이었습니다. 부의 격차를 줄여 정치적 균형을 이루려고 했던 것입니다. 먹고사는 데 바빠 정치에 참여할 수 없는 가난한 시민들도 적극적으로 정치에 참여할 수 있는 조건을 만들려고 했던 것입니다.

균형을 통해서만 손과 발과 위가 함께 행복하게 살 수 있습니다. 특권층에 권력과 부가 집중되어 있는 불균형을 시정해야 합니다. 어떤 처지에 있건 모든 사람들이 자신의 사회적 역할을 선택하고 준비할 수 있는 조건의 평등이 이루어져야 합니다. 가진 것에 상관없이 법 앞에서 평등해야 하고 그것을 통해 사람들 사이에 갑과 을이 없는 '관계의 평등'이 이루어져야 합니다. 이 점이 무엇보다 중요합니다. 손과 발에게 협력과 상생을 말하면서도 다른 한편으로는 그들을 열등하고 무지하고 천하다고 비하하는 특권 의식을 없애야 합니다. 같은 동료 시민들은 서로를 존중해야 합니다. 그렇게 **균형이 이루어질 때 손과 발, 위 모두가 열정과 기쁨, 행복이 가득한 삶을 사는 활력 넘치는 민주주의 사회가 될 수 있습니다.**

9

외양간에 숨은 사슴

멀리서 친구가 찾아왔어요!

민주주의 사회는 사슴이 외양간에서 환대 받았듯이 이방인을 포용하고 환대해야 합니다. 그와 자리를 나누어 함께 행복하게 살아야 합니다. 그러기 위해서는 사회의 구성원이 될 수 있는 권리에 대한 권리, 혹은 한나 아렌트가 말했듯이 '권리를 가질 권리'가 보장되어야 합니다.

사슴이 사냥꾼에게 쫓기다 마을까지 내려왔습니다.
사슴은 다행히 황소가 사는 외양간으로 숨었습니다.
황소는 깜짝 놀라 산으로 돌아가라고 사슴을 쫓았습니다.
비좁은 외양간보다는 산에서 자유롭게 살라는 충고도 했습니다.
사슴은 그래도 어두워질 때까지만 있게 해 달라고 매달렸습니다.
할 수 없이 황소는 건초더미 안에 사슴을 숨겨 주었습니다.
목동이 황소에게 먹이를 주려다가 건초더미 안에서 사슴뿔을 발견했습니다.
그때 마침 주인이 그 사슴을 보고는 누가 데려왔냐고 묻습니다.
목동은 모르는 일이라고 말했습니다.
주인은 사슴이 제 발로 들어 왔다는 사실에 기뻐했습니다.
사슴은 그곳에서 오랫동안 살게 되었습니다.

사냥꾼의 손에 들린 활이 사슴을 겨눕니다. 산에서 친구들과 함께 자유롭게 뛰어 놀던 사슴은 놀라 도망칩니다. 사냥꾼의 눈을 피해 달아난다는 것이 그만 마을까지 내려오고 말았습니다. 사슴은 바삐 황소의 외양간으로 숨어들었습니다. 황소의 외양간이 과연 사슴을 보호해 줄까요? 황소가 사슴을 쫓아 버리지는 않을까요? 어쨌든 사냥꾼이 호시탐탐(虎視耽耽)하고 있는 한 사슴은 다시 산으로 돌아갈 수 없습니다. 사슴은 자신의 고향을 잃어버린 것입니다. 고향을 잃었다는 것은 자신의 세계 전부를 잃어버린 것입니다. 이런 불행이 어디에 또 있겠습니까? 가족, 친구, 사슴의 말, 친숙한 일상 등은 이제 기억으로만 남게 되었습니다. 힘겹게 찾아 든 황소의 외양간은 고향을 상실한 사슴에게 새로운 고향이 될 수 있을까요?

이 우화는 생존을 위해 살던 곳에서 도망친 사슴의 운명에 관한 이야기입니다. 자기가 살던 나라에서 어떤 행위나 입장 때문에 억압을 받아 새로운 피난처를 찾아야 하는 사람들이 있습니다. 그들을 난민이라고 부릅니다. 위험한 행위를 한 적도 없고 적대적인 사상을 가진 적이 없어도 자신의 조국이나 삶의 터전에서 쫓겨나 난민이 되기도 합니다. 쫓겨나지 않더라도 재난을 피하거나 더 나은 삶을 바라며 이주하는 경우도 많습니다. 세계는 지금도 사회, 정치, 경제적 상황들 때문에 늘어가는 이주자와 난민들 문제로 몸살을 앓고 있습니다.

외양간은 황소들의 삶의 터전입니다. 황소의 외양간을 찾아온 사슴은 초대받은 손님이 아닙니다. 그래서 황소는 자신의 터전을 사슴과 함께 나누는 것이 좀처럼 내키지 않습니다. 그 공간에 들어 온 사슴은 그동안 황소들만이 누렸던 외양간의 평화와 풍요로움을 얼마쯤은 빼앗을지도 모릅니다. 한 끼의 여물도 사슴과 나누면 반으로 줄 것입니다. 사슴의 생활 습관이나 일상의 버릇 등은 황소들의 생활을 방해하거나 질서를 해칠 수도 있습니다. 황소로서는 그런 변화가 두려울 것입니다. 그러나 이러한 이유로 죽음을 피해 새로운 피난처를 찾은 사

슴을 외면하거나 쫓아내는 것이 정당화될 수 있을까요?

21세기는 국경이 무의미한 이주의 시대입니다. 자신이 태어난 나라가 아니더라도 다른 곳에서 삶의 터전을 잡고 살아가는 사람들이 아주 많아졌습니다. 그러나 이주한 나라에 소속되어 새롭게 그 나라의 구성원이 되는 것은 쉽지 않습니다. 많은 국가들이 혈통이나 문화의 동질성을 갖지 않은 난민이나 이주자들에게는 국민의 자격을 주려고 하지 않기 때문입니다. 민주주의가 발전한 나라에서도 새로 온 사람들이 그 나라의 구성원과 같은 권리를 인정받는 것은 멀고도 험한 길입니다. 더 중요한 문제는 국민이 아니면 인간의 기본적인 권리조차도 보장받지 못하는 경우가 많다는 점입니다. 한국은 어떨까요? 대한민국의 헌법도 모든 인간이 누려야 할 기본권을 대한민국의 국민에게만 한정하고 있습니다. 가령 헌법 10조는 "모든 국민은 인간으로서의 존엄과 가치를 가지며, 행복을 추구할 권리를 가진다."고 정하고 있습니다. 인간이라면 누구나 누려야 할 최소한의 권리도 한국인과 외국인에게 차이를 두고 있는 것입니다. 외국인은 자기 나라가 있고 여기는 우리나라라는 이유로 그들을 우리나라 사람들과 다르게 대하는 것은 과연 옳은 일일까요?

아테네의 폴리스에서 시작된 민주주의는 개방과 포용을 중요하게 생각하는 정치 체제였습니다. 요샛말로 열린 사회였습니다. 하지만 민주화되기 전의 아테네는 4개의 부족이 지배하는 혈통 중심의 폐쇄적인 사회였습니다. 아테네의 민주화를 이끌었던 사람은 클리스테네스였습니다. 그는 혈통 중심의 세습적이고 폐쇄적인 사회 구조와 지배 체제를 허물고 아테네를 10개의 지역(데모스)으로 재편성해 지역 중심의 개방 사회로 변모시켰습니다. 그 결과 조상의 혈통과 혈연에 상관없이 누구라도 새로운 지역의 구성원이 될 수 있었습니다. 출신지가 다르다고 차별하지 않았습니다. 새로 온 자들도 공동체의 구성원이 되어 동등한 권리를 누렸으며, 스스로의 삶의 방식을 지킬 수 있었습니다. 아테네 시민들은 같은 혈통이나 문화 때문이 아니라 폴리스의 구성원이라는 사실 때문에 동등했습니다. 시민들은 어떤 폴리스라도 선택할 수 있는 세계 시민이 되었습니다. 그래서 당시에는 이런 말이 유행하기도 했습니다. "네가 어디를 가든지 간에 너는 폴리스가 될 것이다." 이 말은 언제 어디서든 한 사람의 시민으로 인정받을 수 있다는 의미입니다. 소크라테스가 자신을 변론하는 재판에서 자신이 이방인보다 못한 취급을 받고 있다고 불평하는 대목은 재미있습니다.

외국인과 이방인에게 환대는커녕 서슴없이 적의를 드러내는 오늘날, 이솝의 이 이야기는 새겨들을 만합니다. 낯선 곳으로 들어갈 때의 두려움과 불안은 아주 큽니다. 새로 온 이에게 환대하는 것은 그런 두려움이나 불안을 없애는 데 아주 큰 역할을 합니다. 환대는 새로 온 이에게 자리를 내어 주는 것입니다. 이 환대를 통해 사슴은 단순히 보호만을 받는 불쌍한 존재가 아니라 외양간을 삶의 터전으로 하는 외양간의 새로운 구성원이 됩니다. 사슴은 환대를 통해 새로운 고향을 갖게 되는 것입니다. 환대란 그다지 어려운 것이 아닙니다. 내가 이 나라의 국민인 까닭은 먼저 와 있었기 때문입니다. 조금 먼저 와 이곳에 익숙한 내가 조금 나중에 와 이곳이 낯선 이들의 새로운 시작을 도와주는 것입니다. 익숙한 내가 먼저 말을 걸어 친구가 되는 것입니다. 그들에게도 이곳이 고향이 될 수 있다는 용기를 주는 것입니다. 야스퍼스의 말처럼 자신을 이해해 주고 자신이 이해할 수 있는 사람들이 있다면 그곳이 바로 고향입니다.

민주주의 사회는 사슴이 외양간에서 환대 받았듯이 이방인을 포용하고 환대해야 합니다. 그와 자리를 나누어 함께 행복하게 살아야 합니다. 그러기 위해서는 사회의 구성원이 될 수 있는 권리에 대한 권리, 혹은 한나 아렌트가 말했듯이 '권리를 가질 권리'가 보장되어야 합니다. 이는 1948년에 선포된 세계 인권 선언의 기본적인 생각입니다. 인권 선언의 제6조는 "모든 사람은 어디에서나 권리를 인정받을 권리를 지닌다."고 밝히고 있습니다. 제15조 1항도 "모든 사람이 국가 성원권에 대한 권리를 갖는다."고 선언합니다.

민주주의는 낯선 사람과 친구가 되는 것입니다. 민주주의는 잘 아는 사람들 못지않게 낯선 사람들과의 관계를 형성할 수 있는 능력을 요구합니다. 새로운 삶의 터전이 필요한 사람을 차별하고 배제하는 것은 사슴을 쫓던 사냥꾼의 손에 들린 활 못지않게 '피를 흘리지 않고도 사람들을 죽일 수 있는 아주 고약한 사회적 무기'입니다. 그것은 민주주의를 위협하는 치명적인 무기가 될 수 있습니다. 이주자를 포함한 사회적 소수자들의 이질성을 차별하거나 배척하지 않는, 이솝의 외양간 같은 곳에서만 민주주의는 생존할 수 있습니다. **새로운 곳에서 자신의 자리를 갖고 행복하게 살 수 있도록 낯선 사람들을 환대하고 그들과 친구가 될 수 있는 능력에 민주주의의 미래가 달려 있습니다.**

10 사자 왕

권력은 나누면 커져요!

한 공동체의 안정은 권력을 집중시켜 단일한 권력이 통치할 때 이루어지는 것이 아니라 나누어진 다양한 권력이 서로 견제하면서 협력할 때 가능하다는 것이 민주주의의 신념입니다.

사자가 동물들의 왕이 되었습니다.
왕이 되었으니 예전과는 달리 좋은 명성을 얻어 훌륭하다는 평판을 듣고 싶습니다.
그러기 위해 다른 동물들을 잡아먹지 않겠노라고 약속했습니다.
그 약속을 지키는 것이 사자에게는 너무 힘이 들었습니다.
사자는 속임수를 써 몰래 동물들을 잡아먹기 시작했습니다.
동물들에게 자기 입에서 고약한 냄새가 나는지 물었습니다.
냄새가 난다고 해도, 안 난다고 해도, 아무 말을 안 해도 잡아먹었습니다.
하루는 원숭이를 잡아먹으려고 입 냄새가 나는지 물었습니다.
원숭이는 입 냄새는커녕 아주 좋은 향 내음이 난다고 말했습니다.
기분이 좋아진 사자는 원숭이를 놓아 주었습니다.
그러나 곧 마음이 바뀌어 원숭이를 잡아먹을 궁리를 했습니다.
꾀병을 부려 의사들을 불렀습니다.
의사들은 과식 때문에 배탈이 났으니 적게 먹으면 좋아질 것이라고 했습니다.
사자는 왕에게는 모든 것이 허용된다는 것을 알고 있었습니다.
"원숭이 고기가 무슨 맛인지 먹어 보고 싶다."
끌려 온 원숭이를 사자는 게걸스럽게 먹었습니다.

어떻게 사자가 숲 속 동물 나라의 왕이 되었을까요? 아마도 사자가 왕이 되는 것을 극구 반대하며 저항한 동물들을 힘으로 제압했나 봅니다. 그것을 본 다른 동물들은 모두 숨죽이고 사자 왕의 공포 정치 시대를 걱정하고 있었겠지요. 사자는 동물들의 두려움을 누그러뜨리기 위해 과거는 잊고 더 좋은 미래로 나아가자고 말합니다. 앞으로가 중요하다는 것입니다. 동물들을 설득할 만한 멋진 계획이 떠올랐습니다. 왕위에 오르던 날 그 계획을 발표했습니다. 사자는 왕의 취임사에서 앞으로는 동물들을 괴롭히거나 잡아먹지 않겠다고 근엄하게 선언했습니다. 사자는 그 계획을 꼭 실천해 훌륭한 왕의 명성을 얻겠다고 다짐했습니다. 그러나 그 선언은 작심삼일(作心三日)로 끝나고 말았습니다. 아무 잘못이 없는 동물들을 이런저런 이유를 붙여 잡아먹기 시작했습니다. 단지 원숭이 고기를 맛보고 싶다는 이유만으로 원숭이를 잡아먹을 정도였습니다. 물론 사자 왕도 정말로 멋진 왕이 되고 싶었을 것입니다. 그런데 왜 그렇게 되지 못했을까요? 사자 왕에게는 모든 것이 허용되었기 때문입니다. 한 마디로 무소불위(無所不爲)의 권력을 가졌기 때문입니다. 모든 것을 할 수 있는 사람이 자기 스스로를 통제하는 것은 거의 불가능합니다.

고대 아테네에서는 '무슨 일이든 자기 마음대로 할 수 있는 특권을 가진 자'를 폭군(tyrannos)이라고 불렀습니다. 민주주의가 가장 혐오했던 것이 바로 폭군의 정치였습니다. 사자 왕은 적나라한 폭군이었습니다. 이솝은 이 우화에서 폭군의 징후들을 사자 왕의 행태를 통해 잘 보여 주고 있습니다. 폭군은 입으로는 법을 이야기하지만 실제 현

실에서는 법 위에 있습니다. 국민들을 위한다고 말은 하지만 자신의 이익이 우선입니다. 자신과 다른 생각이나 의견을 가진 시민들을 억압하고 정치 활동에서 배제합니다. 누구도 정직한 조언이나 충고를 하지 못하게 합니다. 대신 듣기 좋은 말만 하는 사람을 가까이 합니다. 자신의 모든 정치적 행위는 좋은 의도에서 이루어진 것이라며 어떤 결과에도 책임을 지지 않습니다. 폭군의 이러한 특징은 폭군 자신의 파멸을 가져오고 공동체를 위기에 빠뜨립니다. 민주주의는 이런 폭군의 독재 정치를 피해야 한다는 생각이 만들어 낸 정치 체제입니다.

민주주의를 발명했던 고대 아테네의 시민들이 민주주의에 걸었던 희망은 무엇이었을까요? 이 우화는 민주주의가 추구했던 것이 무엇인지를 잘 보여 줍니다. 인간은 권력을 가질수록 더 많고 더 큰 권력을 갖고 싶어 합니다. 그러나 아테네 시민들은 아무리 좋은 것도 그 한계가 없이 지나치면 문제가 생기고 심지어는 타락한다는 것을 경험했습니다. 한없이 권력을 추구해 절대 권력을 갖게 된 폭군은 시민들을 학대했고, 최악의 정치적 행위로 공동체를 불행으로 몰고 갔습니다. 그 경험으로부터 권력의 타락이나 폭압을 막는 것이 무엇보다 중요해졌습니다. 문제는 권력을 감소시키지 않으면서도 권력을 제한할 수 있는 방식이 있느냐는 것이었습니다. 고대 아테네의 시민들은 권력을 제한하면서 동시에 권력을 증대시키기 위해서는 권력을 나눠야 한다는 사실을 확실히 깨닫게 되었습니다. 정말로 권력은 나눌수록 더 커지는 걸까요?

권력을 나누는 것, 즉 권력 분립 원리야말로 권력의 절대화와 남용을 막기 위해 민주주의가 발견한 가장 큰 지혜입니다. 권력 분립은 서로 다른 힘들이 서로 견제하고 경쟁하는 원리를 통해 조화를 이룰 수 있게 고안된 것입니다. 한 공동체의 안정은 권력을 집중시켜 단일한 권력이 통치할 때 이루어지는 것이 아니라 나누어진 다양한 권력이 서로 견제하면서 협력할 때 가능하다는 것이 민주주의의 신념입니다. 권력이 집중되거나 단일할 경우, 사자 왕처럼 아무리 선한 의지를 갖고 있더라도 권력을 남용해 시민들을 억압하는 폭군으로 전락하기 십상입니다. 한 사람이 모든 것을 할 수 있을 때, 법은 있어도 무용지물(無用之物)입니다. 그래서 1789년의 프랑스 인권 선언도 "권력 분립 규정이 없는 국가는 헌법이 없는 국가와 같다."고 선언했던 것입니다. 권력을 나누어야 시민에게 자유가 보장되기 때문입니다.

권력을 나누는 것에 반대하거나 부정적으로 생각하는 사람들도 적지 않습니다. 특히 영국의 정치 사상가인 홉스는 권력을 나누는 것에 완강하게 반대했습니다. 권력을 나누면 나라가 분열된다는 것이 그의 중요한 반대 이유였습니다. 한 나라의 권력을 나누면 나눠진 권력들이 싸워서 서로를 파괴할 것이고, 그러면 공동체는 해체된다는 것입니다. 이러한 홉스의 단순한 주장을 따르는 사람들이 오늘날에도 여전히 많습니다. 강력하고 단일한 권력이 있어야 나라가 통합되고, 반대로 권력들이 분산되어 있으면 서로 싸워 나라가 혼란해진다는 것입니다. 얼핏 듣기에 참 맞는 말 같습니다. 그러나 과연 권력을 나누면 권력은 더 작아지고 나라는 더 혼란해질까요? 이솝의 사자는 우리에게 분명히 보여 주고 있습니다. 권력을 나누지 않으면 권력이 커지는 것이 아니라 폭력의 가능성만 높아진다는 사실을 말입니다.

권력을 나누는 방식은 여러 가지입니다. 중앙 정부가 권력을 다 갖지 않고 지방과 나누어 가질 수 있습니다. 그것을 지방 분권이라고 합니다. 다양한 정치 세력들이 권력을 나누어 정부를 함께 구성할 수도 있습니다. 그렇게 연립 정부가 구성됩니다. 법을 만들고 집행하고 판결하는 권한에 따라 권력을 나눌 수도 있습니다. 우리가 흔히 알고 있는 삼권 분립입니다.

어떤 식으로든 권력을 나누는 것은 정부를 허약하거나 왜소하게 만들기 위해서가 아닙니다. 정부가 강력한 힘을 갖고 일을 하는 것은 필요하고 바람직합니다. 권력 분립은 정부가 권력을 남용하지 못하도록 하면서 더 큰 힘을 갖도록 하는 민주적 장치입니다. 나누어진 권력들이 서로를 무력하게 하는 것이 아니라 서로 조화를 이루는 것이 중요합니다. 나누어진 권력들끼리의 조화로운 상호 작용을 통해 더욱 큰 권력이 형성됩니다. 그 조화를 이루기 위해 꼭 필요한 조건이 힘의 균형입니다. 권력들이 서로 평등해야 서로를 견제하는 동시에 서로를 존중하고 소통하며 조화를 이룰 수 있습니다. 사자 왕이 지켜야 할 법을 입법부가 만들어야 하고, 그 법을 지키지 않으면 사법부는 책임을 물을 수 있어야 합니다. 그러나 왕의 권력이 압도적으로 강하면 사법부가 있고 입법부가 있어도 소용이 없습니다. 사자 왕은 스스로 정한 약속 따위는 언제든지 내팽개칠 수 있기 때문입니다. 한 국가의 권력이 균형 있게 나눠지지 않고 누군가에게 집중되어 있다면 법은 법의 역할을 할 수 없습니다. 애초에 견제는 불가능합니다.

이제 이솝의 생각은 분명해졌습니다. 시민들의 자유와 안전을 지배자의 선의나 자비에 맡겨서는 안 된다는 것입니다. 동물들은 자신들의 자유를 사자 왕의 선의에만 의지했습니다. 사자 왕의 선의에만 의지한 결과가 어땠습니까? 사자 왕의 마음이 바뀌는 순간 동물들의 자유와 안전도 사라지고 말았습니다. 동물들에게는 그와 무엇을 말하고 소통할 권리가 없습니다. 자신의 운명은 오직 사자의 처분에만 달려 있습니다. 물론 독재자라고 시민들이 원하는 것을 해 주지 말라는 법은 없습니다. 그러나 아무리 뜨거운 사랑도 식는 법입니다. 독재자는 사자 왕처럼 처음 자신의 의도가 무엇이었든지 간에 시간이 지날수록 그 의도는 자신의 특권을 유지하는 방향으로 바뀌기 십상입니다. 민주주의는 '선의의 독재'를 인정하지 않습니다. **독재자의 권력을 통제할 수 있고 책임을 물을 수 있는 다른 권력이 없는 조건에서는 독재**

자의 선의나 약속은 무책임하고 공허할 뿐입니다. 권력이 나누어져 있어야 하나의 권력이 부패하더라도 온전하게 남아 있는 다른 권력들이 그 부패한 권력을 개혁할 수 있습니다. **이솝이 사자 왕에게 가졌던 두려움을 잊지 않아야 합니다.**

11 산양과 백정

서로를 지켜 주어요!

타인의 운명에 관심을 갖지 않고 서로의 어려움을 못 본 체하며 침묵할 때, 독재는 물을 만난 고기처럼 날뜁니다. 그렇게 되면 개인은 너무도 약하기 때문에 독재자에게 대적할 수가 없습니다.

산양 무리가 풀을 뜯고 있었습니다.
백정이 오더니 양 한 마리를 잡아갔습니다.
다른 양들은 잠시 움찔했지만 먹던 풀을 계속 뜯어먹었습니다.
자기에게 닥친 일이 아니었기 때문입니다.
다음날, 백정이 오더니 또 양 한 마리를 잡았습니다.
이번에도 다른 양들은 그냥 지켜보기만 했습니다.
약간 걱정되기는 했지만 잡아간들 얼마나 잡아가겠냐 싶었기 때문입니다.
기어코 백정이 마지막 양을 잡으러 왔습니다.
이제 도와줄 양은 어디에도 없었습니다.

풀을 뜯고 뿔싸움을 하고 수염을 다듬고 서로를 간질이는 산양들의 하루 풍경은 참 평화롭습니다. 그러던 어느 날 동료 산양 한 마리가 눈앞에서 백정의 손에 끌려갑니다. 그 후로도 계속 백정은 산양을 한 마리씩 잡아갔습니다. 산양들은 무엇을 어떻게 해야 할까요? 약자들이 살아남는 방법은 딱 한 가지밖에 없습니다. 서로 연대하고 협력하여 저항하는 것입니다. 그 방법 외에는 다른 길이 없습니다. 제 아무리 강한 자라도 약자들이 힘을 합치면 두려워하기 마련입니다. 그런데 어찌된 일일까요? 살아남기 위한 협력은커녕 고통 받는 동료에게 측은지심(惻隱之心)조차 없었습니다. 산양들은 잡혀가는 동료를 멀리서 멀뚱히 바라만 봅니다. 잡혀가며 울부짖는 동료들의 고통을 애써 외면합니다. 동료의 고통 앞에서 우물쭈물하고 있을 때 그 고통이 이번에는 자신을 덮치고 말았습니다. 그 불운이 자신에게도 닥칠 것이라는 사실을 몰랐던 것일까요? 아니면 그 사실을 애써 무시했던 걸까요?

백정이 산양을 잡으러 처음 왔을 때 산양들이 힘을 모아 백정을 혼내 주었더라면 어떻게 되었을까요? 산양들은 왜 동료가 잡혀 가는데도 모르는 척 자기 할 일만 했을까요? 산양들이 평소에 서로 돕고 이야기하며 친구처럼 지냈더라면 다른 산양의 불행에 그토록 무관심할 수 있었을까요? 관심을 갖는다는 건 대체 무엇일까요?

개인의 자유는 소중합니다. 내가 다른 사람의 자유를 침해하지 않는 이상 누구도 나의 자유를 침해해서는 안 됩니다. 또한 나의 운명은 전적으로 나 자신에게 달려 있습니다. 이런 태도를 개인주의라고 합니다. 민주주의는 개인주의에 반대하지 않습니다. 민주주의는 개인이 타인의 간섭을 받지 않고 자신의 일상생활에서 자유를 누리는 권리를 소중하게 생각합니다. 어느 누구도 타인의 일에 간섭할 권리는 없습니다.

고대 아테네 사람들의 민주주의도 개인의 자유를 중요하게 생각했습니다. 페리클레스는 이렇게 말합니다. "민주주의에서 시민들은 서로를 의심하지 않으며, 자신의 길을 선택한 이웃들에게 싫은 소리를 하지 않습니다. 시민들은 자신의 뜻대로 살아갈 수 있습니다." 그러나 간섭하지 않는다는 것이 무관심을 뜻하지 않습니다. 페리클레스는 이어서 이렇게 말합니다. "타인에게 무관심하지 않으며 학대 받거나 차별 받는 사람들을 방관하거나 방치하지 않습니다." 아테네 시민들은 자신이 고통 받지 않더라도 고통 받는 사람이 있다면 함께 분노하는 것이 정의이며 민주주의라고 생각했습니다. 민주주의는 각자에게 각자의 몫을 주는 '분배적 정의'뿐만 아니라 이웃의 고통에 관심을 갖고 함께 협력하는 '연대적 정의'도 아주 중요하게 여깁니다. **민주주의는 공동의 세계와 그 세계에서 살아가는 사람들에게 관심을 갖는 것입니다.**

인간은 관심의 동물입니다. 관심(關心)이라는 말의 영어 Interest는 Interesse라는 라틴어에서 왔습니다. 그 말은 원래 Inter(사이)와 esse(있음)라는 말의 합성어입니다. 인간은 외부의 세계와 관계를 맺고 그 관계 속에서 살아가는 존재임을 표현한 말입니다. 그래서 관심의 대상은 너도 아니고 나도 아닌 너와 나의 '사이' 혹은 '사이에 있는 것'입니다. 우리말의 관심(關心)도 세상사에 마음을 기울이는 것을 뜻합니다. 그렇게 보자면 관심을 갖는다는 것은 '세계를 사랑하는 것'입니다. 관계와 그 관계로 구성된 세계에 관심을 갖는 것을 한나 아렌트는

'세계 사랑(Amor Mundi)'이라고 부릅니다. 그에 반해 무관심은 타인으로부터 멀어지는 것, 사람들과 관계 맺지 않는 것을 의미합니다. 함께 살지만 서로를 보지도 듣지도 않는 것, 접촉은 하지만 서로를 감지하지 않는 것이 바로 무관심입니다. 보고 듣고 감지했더라도 그것들을 마음에 두지 않는 것이 바로 무관심입니다. 세상사에 무관심한 채 자기에 몰입하거나 이기심에 사로잡혀 있는 현상을 나르시시즘이라고 합니다. 그 말의 뿌리가 된 그리스 신화의 나르키소스는 원래 무감각이나 감각 마비를 뜻했습니다.

관심의 동물인 인간이 왜 무관심한 상태가 될까요? 관심은 사람들이 공동의 일에 참여할 때 생겨나는 '마음의 습관'입니다. 참여해 서로를 보고 듣고 느끼며 이해하는 과정에서 서로에게 관심이 생기고 타인을 배려하는 마음도 생깁니다. 즉 만남으로부터 관심이 나오는 법입니다. 함께 만나지 못하게 하고 공동의 일에 참여하여 함께 이야기할 기회를 박탈하면 사람들은 자연히 서로에게 무관심하게 되고 '관심'이라는 마음의 습관은 길러지지 않습니다. 그래서 차별과 배제, 무시, 불평등은 서로를 관계 맺지 못하게 하는 무관심의 뿌리입니다. 그런 뿌리를 가진 민주주의의 나무는 살아갈 수 없습니다.

민주주의를 파괴하고 자신의 권력을 유지하려는 독재자들은 늘 시민들이 공동의 세계와 서로에게 관심을 갖지 못하게 합니다. 한마디로 '남 일에 신경 쓰지 말라.'는 것입니다. 그럴수록 시민들은 자신의 사적인 일들에만 매달리게 됩니다. 타인의 운명에 관심을 갖지 않고 서로의 어려움을 못 본 체하며 침묵할 때, 독재는 물을 만난 고기처럼 날뜁니다. 그렇게 되면 개인은 너무도 약하기 때문에 독재자에게 대적할 수가 없습니다. 히틀러의 전체주의가 가능했던 것도 시민들이 잔인하거나 어리석거나 무지해서가 아니라 서로가 서로에게 관심을 갖지 않고 서로를 지키려고 노력할 수 없었기 때문입니다.

우리 시대의 질병은 자기 소외가 아니라 '타인 소외', 즉 타인을 아픔과 고통 속에 내버려 두는 것입니다. 내버려 두는 것은 사랑하지 않는 것입니다. 동료들에게 무관심할 때 공동체는 망가지고 결국에는 자신마저 위기에 빠집니다. 무관심이 만연한 사회에서는 민주주의가 숨 쉴 수 없습니다. 민주주의의 최대 적은 무관심입니다. 반면에 무관심의 위험을 치유할 수 있는 것도 바로 민주주의입니다. 민주주의는 시민들이 공동의 일에 참여할 수 있는 기회와 가능성을 확대하여 관심과 협력이 살아나도록 합니다. 민주주의는 서로에게 관심을 갖고 함께 행동하는 시민들이 있어야 숨을 쉽니다. 히틀러의 전체주의 만행을 고발한 독일 목사, 마르틴 니묄러가 쓴 「그들이 처음 왔을 때」라는 시는 이솝이 들려주는 이야기처럼 서로에게 무관심할 때 어떤 일이 벌어지는지를 잘 보여 줍니다.

처음에 그들은 공산주의자들을 잡으러 왔다.

나는 아무 말도 하지 않았다,

나는 공산주의자가 아니었으므로.

그들은 유대인을 잡으러 왔다.

나는 아무 말도 하지 않았다,

나는 유대인이 아니었으므로.

그들은 노동조합원을 잡으러 왔다.

나는 아무 말도 하지 않았다,

나는 노동조합원이 아니었으므로.

그들은 천주교도를 잡으러 왔다.

나는 아무 말도 하지 않았다,

나는 개신교도였으므로.

그들은 나를 잡으러 왔다.

그런데 이제 말해 줄 사람이 아무도 남아 있지 않았다.

12 참나무와 갈대

좀 흔들리면 어때서요!

이솝의 갈대를 흔드는 바람은 어디에서 온 걸까요? 그 바람은 다양성의 바람입니다. 많은 차이와 다름을 갖고 있는 사람들이 살아가는 사회에서 그 바람은 끊이지 않습니다. 이솝의 갈대는 유연하게 그 바람에 반응합니다. 차이를 인정하고 존중하는 유연한 태도를 보인 것입니다.

참나무와 갈대가 가까운 곳에 함께 살고 있었습니다.
어느 날 둘은 누가 더 강한지를 두고 서로 다투었습니다.
바람이 불어도 참나무는 꼿꼿합니다.
갈대는 바람 따라 이리로 저리로 흔들립니다.
참나무는 줏대 없이 휘둘린다고 갈대를 비웃었습니다.
그때 어디선가 강한 바람이 불어왔습니다.
참나무는 온 힘으로 바람에 맞섰지만 그만 뿌리가 뽑히고 말았습니다.
갈대는 이번에도 바람 따라 이리로 저리로 흔들렸습니다.
갈대의 뿌리는 여전히 땅에 단단히 박혀 있었습니다.

정치인에게는 유연함이 중요할까요, 아니면 굽힘 없는 원칙과 소신이 중요할까요? 정치의 영역에서 참나무와 갈대 이야기는 늘 논란거리입니다. 누가 자신에게 유연한 사고가 부족하다고 비판하면 쓰러질망정 참나무처럼 원칙과 신념을 지키는 것이 무슨 잘못이냐고 따집니다. 오히려 갈대를 빗댄 유연한 사고야말로 기회주의적인 태도를 듣기 좋게 포장한 것일 뿐이라고 반박합니다. 많은 사람들도 참나무의 태도가 정치인에게 필요하다고 말합니다. 그러나 이솝은 이 이야기에서 갈대를 더 나은 정치적 태도로 제시합니다. 이솝이 갈대에게서 발견한 정치적 위대함은 무엇일까요?

이솝이 살았던 시대의 그리스는 도시 국가들 간에 전쟁이 잦았습니다. 그래서 남성적인 군사 문화가 지배하고 있었습니다. 그래서 전사의 자질이 중요시되었습니다. 자신의 신념과 사상을 고집하여 동의에 이르지 못하면 적이 되곤 했지요. 친구 아니면 적이 되는 극단적 상황이었습니다. 뿐만 아니라 도시 국가 내에서도 시민들 간의 끝없는 경쟁이 펼쳐져 폴리스 안에는 시기와 증오가 팽배했습니다. 이런 상황 때문에 아테네의 폴리스는 흡사 '폭풍우 속에 떠 있는 배'처럼 위험해 보인다고 유명한 비극 작가였던 소포클레스가 전합니다. "너 자신을 알라."는 잠언과 함께 델포이 신전 입구에 걸려 있었던 "무엇이든지 지나치지 말라."는 말은 당시 폴리스의 상황에서 적절한 교훈이 되었습니다. 다른 사람들의 생각을 고려하지 않고 자신의 신념을 극단적으로 고집하지 말라는 것입니다. 폴리스의 시민들은 조화 없이는 민주주의가 불가능하다는 사실을 잘 알고 있었습니다.

이솝은 당시 폴리스의 위기가 참나무 같은 태도에서 비롯된 것이라고 믿었습니다. 참나무는 자신의 신념과 목적이 옳다고 확신합니다. 그래서 어떤 바람에도 흔들리지 않습니다. 그가 만약 바람에 꺾인다면 그것은 자신의 책임이 아니라 대중의 우매함이나 역사의 보이지 않는 의도쯤으로 여깁니다. 한번 생각해 볼 일입니다. 모두가 다른 의견과 생각을 갖고 사는 다양한 사회에서 자신의 신념과 의지를 관철

하는 것이 중요할까요? 수많은 원칙과 소신들이 부딪히는 현실에서 어떻게 자신의 원칙과 소신만을 고수할 수 있을까요? 함께 살아가는 세계를 돌보기 위해 자신의 원칙이나 소신에도 불구하고 타협하거나 절충하는 것은 정말 잘못된 걸까요? 자신의 의견이 있더라도 양보할 줄 아는 것이 그리도 수치일까요?

신념과 의지는 교만이나 독선과 구별하기가 어렵습니다. 특히 정치가들은 자신의 교만을 신념과 의지로 포장하기 십상입니다. 민주주의를 찬양했던 소포클레스도 자신의 유명한 비극 『안티고네』에서 독재자를 비판하면서 그 점을 지적합니다. 그러면서 이솝의 갈대를 민주주의자들의 삶의 방식으로 칭송합니다.

"갑자기 일어난 홍수에 위태롭게 흔들리는 나무들을 본 적이 있을 것입니다. 그 나무들이 부드럽게 흔들릴 수 있다면 부러지지 않은 채 가지들을 온전히 보존할 수 있을 것입니다. 하지만 뻣뻣하게 버티려고만 한다면 나무들은 모두 뿌리째 뽑혀 휩쓸려 내려갈 것입니다."

이솝의 갈대는 확실히 민주 시민들의 유연한 태도를 나타냅니다. 유연한 시민들은 서로 조화를 이루면서 잘 살아갈 수 있습니다. 유연해진다는 것은 더 포용적이고 깊은 감수성을 갖는다는 의미입니다. 시민적 유연함은 세상이 망해도 진리만은 지켜야 한다는 태도가 아니라 세상을 구하기 위해 진리를 포기할 수 있다는 태도에 가깝습니다. 그러기 위해서는 자신의 진리를 고집하기보다는 다른 사람의 의견에 귀 기울여야 합니다. 흔히 극우니 극좌니 하는 태도들의 문제는 자신의 신념만을 고집하여 다양한 생각들의 조화와 공존을 파괴한다는 점입니다. 그러한 태도는 어느 편에 서지 않은 채 다양한 생각과 의견들을 검토해 보는 느긋함을 용납하지 않습니다. 갈대의 흔들림을 견디거나 두고 볼 여유 없이 최종적인 선택만을 강요합니다. 유연함을 가진 시민은 공자가 말한 것처럼 "느긋하되 교만하지 않습니다." 그러기 위해서는 이솝의 갈대처럼 흔들림을 견뎌 낼 수 있어야 합니다.

이솝의 갈대를 흔드는 바람은 어디에서 온 걸까요? 그 바람은 다양성의 바람입니다. 많은 차이와 다름을 갖고 있는 사람들이 살아가는 사회에서 그 바람은 끊이지 않습니다. 이솝의 갈대는 유연하게 그 바람에 반응합니다. 차이를 인정하고 존중하는 유연한 태도를 보인 것입니다. 유연함은 상대의 의견과 주장에 얼마든지 설득당할 수 있다는 태도입니다. 그것은 신념이라는 이름으로 가려진 독선과 아집을 버리는 것입니다. 자신의 독단과 편견에서 벗어나려는 노력을 그리스 사람들은 '용기'라고 불렀습니다. 유연함은 나약함이나 비굴함, 혹은 기회주의가 아닙니다. 용기가 있어야 가능한 것입니다.

이솝의 갈대는 타인의 감정에 세심하고 감수성 있게 반응하는 태도

를 지녔습니다. 차이와 다양성이 조건인 민주주의에서는 타인의 생각과 감정을 배려하고 고려하는 능력이 필수적입니다. 그 능력이 바로 감수성과 세심함입니다. 자신의 생각과 말이 아무리 옳거나 자신의 신념에 의거한 것이라 하더라도 그것을 공적으로 표현할 때는 한계가 있어야 합니다. 그 한계를 아테네 사람들은 아이도스(aidos)에 두었습니다. 그것은 다른 사람의 감정과 견해를 존중하고 중하게 여기는 태도를 의미합니다. 또한 상대의 감정을 해치는 말과 행위를 했을 때 부끄러움과 수치심을 느끼는 것이기도 합니다. 아이도스가 없는 신념은 교만(hybris)입니다. 고대 아테네 사람들은 아이도스가 없는 사람이야말로 폴리스의 암 덩어리라고 생각했습니다. 그들은 함께 살아가는 사람들의 관계를 망가뜨리기 때문입니다.

이솝의 갈대는 민심에 반응하는 풍경을 보여줍니다. 민주주의에서 정치가는 이런 저런 의견에 흔들릴 수 있습니다. 그러나 민심에 깊게 뿌리를 내린다면 더 좋은 판단을 할 수 있습니다. 다양한 여론에 흔들리더라도 공동체에 대한 사랑이라는 무거운 닻을 민심의 바다 속에 던져두어야 합니다. 바다 위의 파도가 멈춰 있지 않듯 민심도 늘 움직입니다. 배가 파도에 흔들리듯 민심의 바다에 떠 있는 정치가도 늘 민심을 마중하며 흔들려야 합니다. 그렇게 민심을 마중하고 민심에 반응하는 태도를 포퓰리즘으로 매도해서는 안 됩니다. 반응하지 않고 파도를 거스를 때 바다가 배를 삼키듯, 민심의 바다도 민심의 파도에 따르지 않는 정치가를 그냥 두지는 않습니다. 참나무처럼 민심의 대지에서 뿌리가 뽑히고 맙니다.

이솝의 갈대는 늘 새롭게 시작하는 유연한 존재입니다. 유연함은 유약함이 아닙니다. 유약함은 현실에 순응하는 것입니다. **민주주의 사회의 시민들은 유연한 갈대들이지만 잘못된 현실과 대결하는 것을 두려워하지 않는 갈대들입니다. 현실을 바로 보고 비판할 줄 아는 깨어 있는 갈대들입니다.** 현실을 비판하는 능력이야말로 민주주의를 고양시켜 온 힘입니다. 그 능력이 잘못된 현실에 저항하여 새로운 시작을 하도록 이끌어 줍니다.

이솝의 갈대가 보여준 흔들림은 끊임없는 자기반성과 자기 성찰의 과정이기도 합니다. 갈대의 흔들림은 바깥에서 부는 바람 때문만은 아닙니다. 자기 속에서 끊임없이 일어나는 반성과 사유의 바람이 갈대를 흔듭니다. 흔들리지 않는 갈대는 사유의 바람이 멈춘 갈대입니다. 사유의 바람이 멈출 때 우리는 단단한 논리나 강철 같은 이데올로기의 포로가 됩니다. 스스로 사유하지 않고 받아들인 것들이 어느 순간 원칙과 소신으로 둔갑합니다. 한나 아렌트가 말했듯이 그런 '무사유'의 상태에서 '평범한 악'이 일어납니다. 더 강하고 지속 가능한 민주주의가 되기 위해서는 유연하면서도 반성과 성찰을 통해 자신의 변화를 멈추지 않는 '생각하는 갈대들'이 숲을 이루어야 합니다.

마지막으로 명심해야 할 것이 있습니다. 갈대의 유연함에도 한계가 있다는 점입니다. 서로를 포용하고 인정하며 조화를 이루며 산다는 것은 우선 서로가 동등하게 법에 충실히 따른다는 것을 조건으로 합니다. 다음으로는 공동의 세계를 위해 서로 협력한다는 조건입니다. 공동의 세계나 관계를 파괴하는 일체의 행위들에는 단호하게 맞서야 합니다.

13 흰 양과 검은 양

서로 다르니 좋잖아요!

민주주의의 가장 큰 특징은 다양성입니다. 이솝의 이 우화는 민주주의의 그 근원적 특징을 다시 살펴보게 합니다. 타고난 차이가 무엇이든, 사물을 바라보는 관점이 어떻든 차별과 배제 없이 존중받으며 살고 싶어서 사람들은 민주주의를 소망했습니다.

한 농가에 다섯 마리의 흰 새끼 양과 검은 새끼 양 한 마리가 살고 있습니다.
흰 양들은 검은 양을 무시하며 상대도 해주지 않았습니다.
검은 양은 외롭고 슬펐습니다.
어느 이른 봄날, 흰 양들이 들판으로 나가자 검은 양도 따라 나섰습니다.
양들은 이제 갓 올라온 맛난 풀들에 이끌려 먼 산기슭까지 가고 말았습니다.
갑자기 날이 추워지고 눈까지 내리기 시작했습니다.
여섯 마리의 어린 양들은 함께 모여 눈이 멈추기만을 기다렸습니다.
눈은 계속 내리고 주위는 이미 어두워졌습니다.
농부는 돌아오지 않는 양들을 찾아 나섰습니다.
온 사방이 흰 눈으로 덮여 있어서 양들을 찾을 수가 없었습니다.
한참을 헤매던 농부는 멀리 흰 벌판에서 검은 점 하나를 발견했습니다.
달려가 보니 양들이 한데 모여 추위와 싸우고 있었습니다.
검은 새끼 양이 아니었으면 양들은 얼어 죽을 뻔했습니다.

살면서 누구에게도 고통은 있기 마련입니다. 그래서 서로의 고통을 못 본 체하지 않고 덜어 주려는 것이 인지상정(人之常情)입니다. 고통은 나누면 반이 된다는 것을 알기 때문입니다. 물론 타인의 고통을 덜어주는 일은 쉽지 않습니다. 덜어 주는 것은 고사하고 타인에게 고통을 가하는 경우도 흔합니다. 이솝의 흰 양들도 검은 새끼 양을 따돌려 큰 고통을 줍니다. 함께 살아가는 존재를 홀로 있게 하는 것은 형벌보다 더 큰 고통입니다. 검다는 것이, 하얗지 않다는 것이 따돌림의 이유입니다. 검은 양은 자신이 선택해서 검게 태어난 것이 아닌데도 말입니다. 흰 양들은 도대체 왜 검은 양을 따돌리는 걸까요? 검은 양은 무엇을 어떻게 해야 할까요? 털 이식 수술이라도 해서 흰 양으로 거듭나야 할까요? 흰 양들은 검은 양의 고통을 정말 모르는 걸까요? 2500년이 지난 지금은 이솝의 검은 양과 흰 양들이 함께 어울려 행복하게 지내고 있을까요?

민주주의의 가장 큰 특징은 다양성입니다. 이솝의 이 우화는 민주주의의 그 근원적 특징을 다시 살펴보게 합니다. 타고난 차이가 무엇이든, 사물을 바라보는 관점이 어떻든 차별과 배제 없이 존중받으며 살고 싶어서 사람들은 민주주의를 소망했습니다. 플라톤은 그런 소망을 비아냥거리듯 "민주 정치는 온갖 부류의 사람들이 생겨나, 온갖 꽃으로 장식된 다채로운 옷 같다."고 말합니다. 보기에는 아름답지만 그렇게 다양한 사람들이 다양한 생각을 갖고 사는 곳에서는 갈등과 분열이 생겨 공동체가 위기에 빠진다는 것입니다. 실제로 다양성은 갈등이라는 상황을 피해갈 수 없습니다. 이 '갈등적 다양성'이 공동체의 통합과 안정을 어렵게 합니다. 이것이야말로 민주주의가 해결해야 할 가장 까다로운 문제 중 하나입니다. 차이를 없애거나 사회를 획일화하는 것이 문제 해결의 방법이 될 수 있을까요?

다양한 것들이 갈등을 넘어 조화를 이룰 수 없다면 공존은 불가능합니다. 조화를 이룬다는 것은 다양한 차이를 지닌 시민들이 동등한 파트너가 되어 함께 공동체를 구성하는 데 협력하는 것입니다. 그 협력의 과정에서 차이를 무시하거나 회피하지 않고 인정하는 것이 중요합니다. 차이를 존중해야 합니다. 차이를 존중한다는 것은 인간 존중 그 자체입니다. 모든 인간은 다르기 때문입니다. 한 사람 한 사람의 존엄성을 인정하는 것이 바로 민주주의입니다. 그런 점에서 민주주의를 위협하는 가장 치명적인 시도는 다양성을 부정하고 사회를 획일화하려는 것입니다. 전체주의가 바로 그런 위협입니다. 히틀러의 나치즘이나 스탈린의 공포 정치는 인간의 존엄성과 다양성을 극단적으로 파괴했습니다. 자신의 폐쇄적 집단에 갇혀 다른 인종, 다른 생각을 결코 인정하지 않았습니다. 그들은 '차이' 있는 것들을 아예 세계로부터 제거하려고 부단히 애를 썼습니다. 인간의 가장 근본적인 조건인 '차이와 다양성'을 가장 극단적으로 파괴하려고 했다는 점에서 그것은 '반인류 범죄'였습니다.

전체주의의 공포는 다양성의 소중함을 우리에게 일깨워줍니다. 전체주의는 다양성의 절대적인 파괴자라는 점에서 민주주의의 적입니다. 민주주의는 모두가 자신의 차이를 드러내고 원하는 방식대로 살 수 있다는 자유의 약속입니다. 또한 드러난 차이를 억압하거나 배제하지 않겠다는 평등의 약속이기도 합니다. 궁금합니다. 민주주의는 그 약속을 잘 지켜왔을까요? 지금도 그 약속을 잘 지키고 있을까요?

고대 민주주의는 노예나 여성들에게 정치적 권리를 박탈했습니다. 그들과는 자유와 평등이라는 민주주의의 약속을 걸지 않았습니다. 분명한 차별과 배제가 있었던 것입니다. 노예로 살았던 이솝은 이 우화에서 사회적 약자에게 차별과 배제를 두지 말라고 요구하고 있습니다. 그 이후에도 아테네의 많은 철학자와 시인들이 '사람은 태어날 때부터 평등한 존재'라고 지속적으로 주장하며 노예제가 옳지 않다는 사실을 지적했습니다. 그러나 고대의 민주주의는 그 요구에 충분히 부응하지 못했습니다. 그 이후로도 오랫동안 민주주의는 소수자들에게 충분한 정치적 자유와 평등을 주지 않았습니다.

이솝의 검은 양은 차이 때문에 차별을 받은 소수자였습니다. 소수자란 성, 인종, 성적 지향, 나이, 지역 등의 차이를 이유로 차별과 편견, 배제의 대상이 되는 사람들입니다. 소수자들은 그 사회의 주류가 아니라는 사실 때문에 차별을 당합니다. 피부 색깔 때문에 따돌림을 받습니다. 장애가 있어서 차별을 당합니다. 여자라서 무시를 당합니다. 가난하다고 홀대를 당합니다. 동성애자라고 짐승 취급을 받습니

다. 이러한 차별은 아주 고약한 것입니다. 한 개인이 선택하거나 제어할 수 없는 차이를 차별의 이유로 삼기 때문입니다. 이러한 차별은 정말이지 폭력적인 것입니다. 어느 누구에게도 피해를 주지 않는 사람들을 악마화하기 때문입니다. 악마는 제거의 대상이지 공존의 대상이 아닙니다. 악마가 아님을 증명하기 위해 소수자는 스스로 자기를 부정하거나 억눌러야 합니다. 민주주의가 그런 폭력과 비극을 막아야 합니다. 모든 사람들이 자신이 태어난 그대로를 누리며 자신이 원하는 삶의 양식을 추구하며 행복하게 살아갈 수 있는 터전을 만들어야 합니다.

그런데 민주주의 사회에서도 소수자를 차별하는 이유는 무엇일까요? 흰 양들이 검은 양을 따돌리는 까닭은 도대체 무엇일까요? 여러 가지 이유가 있겠지만 민주주의가 지닌 약점도 그 이유 중 하나입니다. 아테네 민주주의의 전성기를 이끌었던 페리클레스는 민주주의를 다수의 지배라고 규정했습니다. 그 이래로 사람들은 흔히 민주주의를 다수의 지배, 다수결의 원리와 동의어로 생각합니다. 그래서 다수결의 원리를 통해 소수자나 소수의 의견들을 무시하거나 배제하는 것을 정당화합니다. 마치 수적 다수가 정의나 진리의 증거인 것처럼 말입니다.

다수가 소수와의 조화나 협력을 꺼리고 소수를 정치적 참여로부터 배제시키는 다수의 지배라면 그것은 결코 민주주의의 원리가 아닙니다. 오히려 그런 다수 지배는 '독재'의 현상입니다. **독재 정치는 시민들의 두려움과 공포를 먹고 삽니다. 반면에 민주주의는 자유와 평등에 대한 한없는 사랑으로 움직입니다.** 그 자유와 평등에서 누구도 제외시켜서는 안 됩니다. 모든 시민들이 배제나 억압의 두려움에서 벗어나 자신이 원하는 방식대로 살 수 있는 자유가 있어야 민주주의입니다. 그러나 다수가 소수를 배제하거나 무시하는 것은 그런 자유를 빼앗는 것입니다. 그것은 다수의 폭력이며 '다수에 의한 독재'입니다. 소수자와 약자를 존중하고 배려하지 않는다면 민주주의는 다수 독재를 가리는 무화과 잎에 지나지 않습니다.

흰 눈밭에 갇혀 있던 양들은 천신만고(千辛萬苦) 끝에 구조되었습니다. 따돌림 당하던 검은 양이 흰 양들을 구했습니다. 이러한 해피엔딩으로 이솝은 차이와 다양성의 사회적 이점을 주장합니다. 다양성은 한 사회에 구체적인 이익과 긍정적인 효과를 준다는 것입니다. 그런 실용적 접근이 많은 사람들을 설득하는 데 용이했을 것입니다. 특히 차이와 다양성은 사회적 갈등의 요인이고 그 갈등을 해결하는 데는 시간과 비용이 많이 든다고 푸념하는 사람들에게 이솝은 이 이야기를 들려주었을 것입니다. 민주주의는 차이와 다양성으로부터 오는 불가피한 긴장을 사회적 분열이 아니라 '사회적 활력'과 '창조적 에너지'로 바꿉니다. 민주주의는 다양성을 사회적 자본으로 만듭니다. 소수자,

약자, 이민자 등 다양한 사회 구성원들은 '문제'가 아니라 사회를 풍요롭고 강하게 하는 자산이라는 것이 이솝의 주장입니다.

우리의 기억을 더듬어봅시다. 머리카락에도, 치마에도, 피부색에도, 국적에도, 성적 지향에도, 사상에도 잣대질을 하던 독재 시대가 있었습니다. 그 잣대에서 벗어난 것들을 잘라 버리고 가둬 버리고 죽여 버리던 시대였습니다. 독재의 폭압은 바로 차이와 다양성을 인정하지 않는 것이었습니다. 한국적 민주주의라는 이름 아래 사회를 획일화하고 다양성을 존중하지 않았던 그때를 돌아봐야 합니다. 이제는 모든 사람들이 주눅 들지 않고, 겁먹지 않고 자신의 차이를 드러내며 타인과 어우러져 살아갈 수 있어야 합니다. 차이에 대한 두려움이 민주주의의 영혼을 잠식합니다. **차이가 더 이상 두렵지 않은 사회를 만드는 과정이 민주화입니다. 사회를 획일화하고 개인을 순응하게 만들었던 절대적 잣대들을 거둬내는 과정이 민주화입니다. 모든 차이가 존중받고 인정받으며 자신이 원하는 삶의 방식대로 살아갈 수 있도록 하는 것이 바로 민주화입니다. 우리 사회는 충분히 민주화됐을까요?**

14 닭과 고양이

용기가 필요해요!

민주주의는 설득할 수도 있고 설득당할 수도 있는 용기가 발현될 수 있는 조건과 방법들을 만들어 내는 것입니다. 서로가 평등한 조건에서 자유롭게 말할 수 있어야 합니다. 갈등을 없애는 것이 아니라 갈등을 표현할 수 있고 그 갈등들이 화해할 수 있는 방법들을 만들어야 합니다.

고양이는 닭을 잡아먹고 싶어서
잡아먹을 구실을 대기 시작했습니다.
닭이 새벽에 고래고래 소리를 지르는 바람에
잠도 못자고 너무 힘들다고 괴롭다고 했습니다.
닭은 어처구니가 없었습니다.
새벽에 우는 것은 모두가 일찍 일어나
힘찬 아침을 맞도록 도와주는 것이라고 말했습니다.
고양이는 닭의 밀에 버쓱해셨지만 물러서지 않았습니다.
이번에는 습성이 잔인할뿐더러 생활도 문란하다고 닭을 맹렬히 비난했습니다.
닭도 지지 않았습니다.
자신 덕분에 암탉들이 달걀을 많이 낳아 주인의 재산이 늘어났다는 것입니다.
수탉의 설득에도 아랑곳하지 않고 고양이는 닭을 덥석 물었습니다.

닭을 잡는 데 소 잡는 칼을 쓸 수야 없지요. 고양이는 닭을 우아하게 잡아먹고 싶었나 봅니다. 막무가내의 폭력은 쓰지 않습니다. 짐짓 태연하게 왜 자신이 닭을 잡아먹어야 하는지를 닭에게 설명합니다. 닭도 지지 않습니다. 사리에 맞지 않는 고양이의 말을 조목조목 지적하면서 제법 큰소리까지 칩니다. 그러나 수탉에게 호기롭게 말할 자유는 그리 오래 허용되지 않습니다. 고양이의 날카로운 이빨이 수탉의 주둥이를 틀어막아 버렸기 때문입니다. 고양이와 수탉의 대화는 결국 폭력으로 끝이 나고 맙니다. 폭력은 말을 불필요한 것으로 만듭니다. 참 이상합니다. 고양이는 강자인데 왜 닭을 잡아먹을 구실이 필요했을까요? 왜 닭을 설득하려고 했을까요? 왜 닭은 꾀나 술책을 써서 이 상황을 모면하려고 하지 않았을까요? 닭은 고양이를 설득할 수 있다고 생각했던 걸까요?

이 우화는 민주주의의 아주 오래된 고민을 담고 있습니다. 각자가 자신의 이해, 목표, 신념을 지니고 있는 터에 과연 합리적인 소통과 설득이라는 것이 가능할까요? 한 사람의 신념이 대화와 설득을 통해 바뀔 수 있을까요? 강자의 입장에서 보면 약자와 대화로 문제를 해결해야 할 이유가 있을까요? 합리적인 대화가 약자를 지켜줄 수 있을까요? 날카로운 이빨을 언제든지 드러낼 수 있는 고양이 앞에서 수탉은 자유롭게 말할 수 있을까요? 대화도 힘의 논리를 바탕으로 하고 있는 건 아닐까요? 대화와 설득이 가능하다고 민주주의의 광장에 나와 떠들어대는 것은 그야말로 어리석은 짓이 아닐까요?

대화, 소통, 설득이 작동하지 않으면 민주주의는 끝장입니다. 민주주의가 다른 정치 체제와 가장 분명하게 구분되는 점은 공동체의 문제나 갈등을 해결하는 데에서 폭력을 사용하지 않는다는 것입니다.

명령, 억압, 강요, 위협 등이 아니라 평등한 시민들이 공동의 일을 대화와 논의로 결정하고 함께 실천하고 책임지는 것이 민주주의의 핵심입니다. 서로 다른 의견이나 갈등이 있을 때 상대를 '설득'하는 것이야말로 민주주의가 작동하는 방식입니다. 고대 아테네에서 시작된 민주주의는 그러한 이상을 품고 있었습니다. 강요나 강제가 아니라, 설득이 의사 결정의 수단이 되어야 한다고 생각했던 것입니다. 그래서 아테네 시민들은 폴리스의 수호신을 설득의 여신 '페이토(Peitho)'로 정했던 것입니다. 아리스토텔레스도 폭력이나 지배가 아니라 말로 서로를 설득하며 공동체를 운영해 가는 폴리스의 풍경을 보고 '인간은 폴리스적(정치적) 동물이다.'고 주장했던 것입니다.

이제 몇 가지 질문에 답을 하기가 쉬워졌습니다. 강자인 고양이가 왜 닭을 말로 설득하려 했을까요? 어떤 사회라도 적나라한 폭력에 의존하는 정치를 혐오합니다. 그래서 어떠한 폭력이라도 폭력을 사용하려는 사람은 최소한 그것을 정당화하려고 합니다. 아무리 흉악한 독재자라도 어떤 식으로든 독재의 구실을 만들어 냅니다. 그렇게 해서 자신의 폭력은 '적나라한 폭력'과 다르다고 강변합니다. 고양이의 말도 자신의 폭력을 정당화하려는 수단이었던 셈입니다. 그러나 자신의 생각을 일방적으로 관철하거나 폭력을 정당화하는 말은 폭력과 반대되는 것이 아니라 단지 폭력의 다른 형태일 뿐입니다. 그래서 고양이의 설득도 결국은 그 폭력성을 감출 수 없었던 것입니다. 대화를 통해 자신의 의도나 생각을 바꿀 생각이 추호도 없는 사람의 말은 폭력 그 자체입니다.

위에서 우리는 또 다른 중요한 질문을 했습니다. 왜 닭은 고양이의 속셈을 알아차리지 못했을까요? 고양이를 설득할 수 있다고 생각했을까요? 누군가를 설득한다는 것은 그가 다른 의견을 지녔고 다른 방식으로 존재한다는 것을 인정하는 것입니다. 설득은 관점의 다양성과 평등을 전제로 합니다. 그래서 설득은 자신의 의견을 자유롭게 표현할 수 있고 자신의 의견에 동의를 바랄 수 있는 조건에서만 가능합니다. 간단히 말해 설득은 자유와 평등을 전제로 하는 민주주의에서만 작동할 수 있는 의사 결정 방식입니다. 고양이와 닭의 관계에는 현저한 힘의 차이가 있습니다. 그러나 자신의 의견에 동조를 바랄 수 있는 자유롭고 평등한 제도적 장치는 없습니다. 그런 상태에서 닭이 고양이를 설득하려고 하는 것은 전혀 합리적이지 않습니다. 설득의 과정은 힘의 논리에 압도되고 말 것이기 때문입니다. 시비를 가리지 못해서가 아니라 힘이 없어서 닭은 고양이에게 희생당한 것입니다. 간단히 말하자면 말의 자유는 말의 평등이 전제되어야 합니다. 폭력의 두려움 없이 마지막 순간까지 설득을 통해 문제를 해결하기 위해 필요한 조건이 바로 민주주의입니다.

그러나 민주주의에서도 고양이 같은 태도는 얼마든지 나타납니다.

설득은 쉬운 문제가 아닙니다. 고양이는 자신의 주장이 억지스럽다는 것을 알았다손 치더라도 결코 자신의 목적을 포기하지 않습니다. 이솝의 '양과 늑대'라는 이야기에서도 마찬가지 상황이 벌어집니다. 늑대는 어린 양의 말을 통해 자기주장의 모순과 거짓이 드러났지만 원래 목적대로 양을 잡아먹습니다. 이런 상황은 토론과 설득의 딜레마를 그대로 보여줍니다. 상대가 자신이 갖고 있는 깊은 신념이나 목표와 상충하는 사실을 이야기하면 사람들은 자신의 신념이나 생각을 바꾸기보다는 오히려 자신의 신념을 유지하거나 강화할 가능성이 높습니다. 이렇게 합리적 설득이 작동하지 않을 때 오직 힘만이 상대를 굴복시킬 수 있는 도구가 됩니다. 강자의 양보로 대화가 이뤄지고 강자의 맘이 변하면 언제든지 폭력이 가능하다면 민주주의는 불가능합니다.

민주주의의 가장 중요한 덕목은 설득할 수도 있고 설득당할 수도 있다는 '용기'를 갖는 것입니다. 자신의 생각이 편견이나 선입견일 수 있다는 것을 인정하는 데는 용기가 필요합니다. 자신의 신념이나 관점이 절대적 진리가 아니라 다양한 의견 중의 하나라는 점을 인정하는 것도 큰 용기입니다. 상대가 단단한 편견을 갖고 있다고 해도 그와 대화하고 소통하려는 노력이 바로 용기입니다. 상당한 시간이 걸리더라도 그 노력을 포기하지 않는 것도 용기가 있어야 가능합니다. 목적을 더 빠르고 더 쉽게만 이루려고 하는 사람에게는 설득의 용기보다 폭력이 더 효과적입니다. 민주주의는 어떤 상황에서도 말로 하는 설득이 폭력보다 우월한 곳에서만 가능합니다.

민주주의는 설득할 수도 있고 설득당할 수도 있는 용기가 발현될 수 있는 조건과 방법들을 만들어 내는 것입니다. 서로가 평등한 조건에서 자유롭게 말할 수 있어야 합니다. 갈등을 없애는 것이 아니라 갈등을 표현할 수 있고 그 갈등들이 화해할 수 있는 방법들을 만들어야 합니다. 이러한 방법들을 통해 자유롭고 평등해진 민주 국가일수록 말로 설득하는 문화가 번성할 것입니다. 그렇게 해서 수탉의 비극이 다시 일어나지 않게 해야 합니다.

15 양치기와 늑대

거짓말을 해도 되는 사람은 없어요!

이솝의 목동은 더 이상 신성한 목자가 아닙니다. 마을 주민들은 그 목자에게 더 이상 무조건 복종하지 않습니다. 목자가 거짓말을 반복하자 더 이상 그의 말을 따르지 않습니다. 아무리 시민들의 재산과 안전을 관리하고 지켜주기 위한 것이라도 정치 지도자는 거짓말을 해서는 안 된다는 것입니다.

마을 사람들의 양을 맡아서 돌보는 양치기가 있었습니다.
양치기는 높은 산에서 하루 종일 혼자서 양들과 지냈습니다.
그러던 어느 날, 양치기는 마을을 향해 늑대가 나타났다고 소리를 질렀습니다.
마을 사람들은 하던 일을 멈추고 허겁지겁 뛰어올라 왔습니다.
양치기는 늑대가 다행히 사라졌다고 거짓말을 했습니다.
양치기는 몇 번을 그렇게 마을 사람들을 골탕 먹였습니다.
어느 날, 진짜 늑대가 나타났습니다.
양치기는 놀라 목이 터져라 늑대가 나타났다고 소리쳤습니다.
마을 사람들은 또 양치기의 장난일 거라고 생각하고 아무도 양들에게 뛰어가지 않았습니다.
늑대는 마음껏 양들을 잡아먹었습니다.

거짓말의 다리는 짧습니다. 거짓말은 얼마 가지 못해 혹독한 대가를 치릅니다. 그 혹독한 대가는 누구도 거짓말쟁이의 말을 믿지 않게 된다는 것입니다. 그 불신은 거짓말쟁이의 피해로 그치지 않습니다. 이 우화에서도 양치기의 거짓말은 양치기 자신뿐만 아니라 온 마을 사람들에게 불행을 초래합니다. 늑대의 먹이가 된 양들은 마을 사람들이 양치기에게 맡겨 둔 것들입니다. 그렇다면 한번 생각해 보아야 합니다. 과연 이 우화를 통해 이솝이 말하고자 하는 것이 단순히 '거짓말하지 말라.'는 도덕적 충고일까요?

고대 그리스에서 양을 돌보는 일은 아주 신성한 일이었습니다. 양은 재산의 큰 부분을 차지했고 목자는 그것을 지켜 주고 증대시켜 주는 중요한 역할을 했기 때문입니다. 당시의 사람들은 재산은 신이 준 것이라고 생각했기 때문에 그것을 돌보는 사람도 신의 대리인으로 여겼습니다. 그래서 민주주의가 발전하기 이전에 그리스 사람들은 정치 지도자를 시민들의 안전과 재산을 지키기 위해 인간이라는 양떼를 통솔하고 관리하는 신성한 목자로 비유했습니다. 지배자의 권력은 신이 준 것이라고 생각했던 것입니다. 시민들은 목자가 지녔다고 믿는 그 신성 때문에 목자에게 절대적 복종을 했습니다. 그러나 민주주의의 발생과 함께 상황은 달라집니다. 시민들은 더 이상 신성한 목자를 믿지 않게 되었습니다. 정치는 신성한 목자가 양떼를 관리하는 것이 아니라고 생각하게 된 것입니다. 민주주의가 꿈틀거리면서 시민들이 권력의 주인이고 시민들 스스로가 통치를 해야 한다는 생각도 확산되었습니다.

아테네에 민주주의가 도래하고 있었습니다. 이솝의 목동은 신성한 목자가 아닙니다. 신성한 목자가 더 이상 필요하지 않게 된 것입니다. 그런 상황에서도 어떤 사람들은 신성한 목자의 빈자리를 아쉬워했습니다. 신성한 목자의 자리를 평범한 시민들이 차지한다는 사실이 별로 달갑지 않았던 것이지요. 그들은 신성이 없는 세속적 목자일지라도 목자는 있어야 한다고 주장했습니다. 시민들이 목자에게 순종하는 양떼여야만 공동체가 굴러갈 수 있다는 것입니다. 그러나 신성이 없는 세속적 목자에게 양떼들이 자발적으로 복종하게 하기 위해서는 특별한 것이 필요했습니다. 그것이 바로 거짓말입니다. 가령 플라톤은 거짓말을 나쁜 것으로 보았지만 국가를 올바르게 다스려야 하는 정치 지도자에게는 거짓말을 허용했습니다. 정치 지도자는 거짓말을 적절하게 사용해 시민들을 관리하고 조종해야 한다는 것입니다. 나태하고 사는 일에만 집착하는 시민들에게 늘 경각심을 주고 그들을 진정한 이익으로 이끌어 주기 위해서는 거짓말이 필요하다는 것입니다. 플라톤은 이를 '고귀한 거짓말(noble lie)'이라고 불렀습니다. 물론 그는 고귀한 거짓말은 정치 지도자만 해야 한다는 조건을 달긴 했습니다.

이쯤 되면 이솝의 목동은 할 말이 많을지도 모릅니다. 목동은 자신의 거짓말이 심심풀이 장난질이 아니라, 혹시 발생할지도 모를 적(늑대)의 침입에 대비해 주민들을 훈련시키기 위해서라고 주장할 수도 있지 않을까요? 늑대가 양을 다 잡아갈지도 모르는 만약의 사태를 막기 위해 좀 긴장하며 사는 것이 나쁠 건 없다는 것입니다. 플라톤의 정치가도 마찬가집니다. 국가의 안전과 시민들의 이익을 위해서라면 그깟 거짓말이 뭐 그리 대수냐고 말입니다.

국가의 안전과 시민들의 이익을 위해 정치 지도자에게 고귀한 거짓말을 허용해야 한다는 플라톤의 주장과 정반대의 생각도 있습니다.

논어에 보면 이런 이야기가 있습니다. 공자는 제자인 자공과 정치가 무엇인지를 두고 이야기를 나눕니다. 그 대화에서 공자는 국가의 안보를 튼튼히 하고 백성을 배불리 먹게 하고 백성에게 신뢰를 주는 것이 좋은 정치라고 말합니다. 자공은 피치 못할 상황에서 어느 것 하나를 포기해야 한다면 안보와 식량, 신뢰 중에서 어떤 것을 먼저 포기해야 하는지 묻습니다. 그러자 공자는 가장 먼저는 안보고 그 다음은 식량이라고 대답합니다. 신뢰는 한 나라의 존망이 걸린 문제이기 때문에 안보나 식량보다 더 중요한 것입니다. 무신불립(無信不立)이라는 것이지요.

이솝은 플라톤이 아니라 공자의 편에 서 있습니다. 말했듯이 이솝의 목동은 더 이상 신성한 목자가 아닙니다. 마을 주민들은 그 목자에게 더 이상 무조건 복종하지 않습니다. 목자가 거짓말을 반복하자 더 이상 그의 말을 따르지 않습니다. 아무리 시민들의 재산과 안전을 관리하고 지켜주기 위한 것이라도 정치 지도자는 거짓말을 해서는 안 된다는 것입니다. 고귀한 거짓말은 없습니다. 오히려 정치가의 거짓말은 민주적 공동체를 폐허로 만들 뿐입니다. 거짓말은 민주주의의 세 기둥이라고 할 수 있는 참여, 소통, 신뢰를 무너뜨리기 때문입니다.

우선 정치적 거짓말은 시민들의 참여를 가로막습니다. 민주주의는 시민들이 참여하여 스스로 통치하는 것입니다. 시민들은 더 이상 목자에게 보호 받고 관리되는 존재가 아닙니다. 시민들을 대신해서 공동체 업무를 보는 목동이 있지만 목동 혼자서 양을 지킬 수는 없습니다. 시민들의 참여와 지지가 있어야 합니다. 그런데 목동이 자신의 필요나 이익에 따라 언제든지 거짓말을 한다면 시민들의 참여와 지지는 왜곡되거나 조작됩니다. 이 우화에서도 목동의 거짓말에 따라 수차례 이루어진 마을 주민들의 자발적 참여는 배신당하고 맙니다. 배신당한 참여는 불신을 낳았고 결국은 어떤 말에도 반응하지 않는 냉소와 무관심을 초래했습니다. 불신과 무관심은 우선 마을 주민들 자신의 피해로 돌아왔습니다. 맡긴 양을 모두 잃게 된 것입니다. 그러나 더 큰 불행은 주민들이 참여를 포기했다는 것입니다. 참여라는 기둥이 무너지면 민주주의라는 건물은 폭삭 주저앉습니다. 그 폐허 위에서 늑대가 활개를 칠 수 있었던 것입니다. 시민들의 참여가 사라지면 선동, 기만, 공포, 폭력이 대신 그 자리를 메웁니다.

두 번째로 거짓말은 소통을 불가능하게 합니다. 민주주의의 가장 큰 특징은 폭력이나 강제가 아니라 말을 통해 공동의 의사가 결정된다는 점입니다. 그래서 소통은 민주주의를 떠받치는 중요한 기둥입니다. 시민들의 활발한 소통이 신뢰를 쌓이게 하고 협력을 강화시킵니다. 소통은 실제 현실을 드러내는 말들로 이루어집니다. 실제 현실을 드러내는 대신 의도를 숨기고 은폐하는 거짓말은 단지 공허할 뿐입니다. 사실을 얼버무리고 숨기는 공허한 말들로는 소통이 불가능합니다. 그렇게 소통의 질을 상실한 공허한 말은 사람들의 의견과 판단을 왜곡시킵니다. 그래서 공허한 말은 사람들을 모이게 하는 것이 아니라 사람들을 흩어지게 합니다. 사람들이 흩어지면 권력도 사라집니다. 평등한 소통이 아니라 지배자가 거짓말로 공동체를 결속하고 시민들을 조종할 수 있다는 생각이야말로 엘리트주의의 산물입니다. 소통을 통해 형성되는 시민들의 권력이 사라진 자리에는 강제와 폭력만 난무합니다. 폭력은 거짓말과 쌍생아인 것입니다.

마지막으로 정치적 거짓말은 참여와 소통을 불가능하게 해 결국은 사회적 신뢰와 협력을 붕괴시킵니다. 공동의 일에 관한 참여와 소통은 시민들이 서로 신뢰와 믿음을 쌓게 해서 자발적인 협력을 촉진시킵니다. 신뢰는 아주 값진 '사회적 자본'인 셈입니다. 특히 대의 민주주의가 작동하기 위해서는 대표자들을 신뢰하는 것이 중요합니다. 그러나 거짓말을 통해 신뢰가 무너지면 그들의 권위는 사라지고 법도 힘을 발휘할 수 없게 됩니다. 신뢰가 있어야만 시민들은 법과 리더십에 자발적으로 복종합니다. 무엇에 자발적으로 복종한다는 것은 그것의 권위를 인정하고 존중한다는 것입니다. 그럴 때 권위는 민주적인 성격을 갖게 됩니다. 시민들의 신뢰를 상실해 민주적 권위가 약해질수록 힘과 폭력을 통한 지배는 강화됩니다.

인간은 말할 수 있기 때문에 정치적 동물입니다. 말이 서로를 이어주기 때문입니다. 그러나 오히려 서로의 관계를 망가트리는 말도 있습니다. 바로 거짓말입니다. 자신의 이익을 위해서라면 모를까 함께 사는 공동의 세계를 생각한다면 거짓말은 악덕 중에 악덕입니다. 특히 정치가와 관료들이 시민들을 상대로 거짓말을 하는 것은 공동체에 크나큰 해가 됩니다. 신뢰와 믿음은 공동체가 유지될 수 있는 근원입니다. 문제는 권력을 위임받은 이들은 신성한 목자가 아니라는 점입니다. 물론 신성하지 않다고 해서 거짓말만 일삼는 대단히 나쁜 사기꾼도 아닙니다. 그저 '평범한' 목동일 뿐입니다. 그는 자신의 이익을 위해 언제라도 거짓말을 할 수 있고 언제든지 주민들을 속일 수 있습니다. 그의 거짓말과 그로 인한 불신은 평범한 양치기와 평범한 주민들이 사는 마을에 얼마든지 일어날 수 있는 일입니다. 이 우화의 핵심은 목동의 거짓말에 있는 것이 아닙니다. **목동의 거짓말에 주민들이 무관심과 냉소로 반응할 때 어떤 일이 일어나는지를 보여주는 것이 이솝의 더 큰 의도입니다.** 무관심과 냉소의 피해는 결국 마을 주민들의 몫입니다. 주민들의 소중한 재산인 양들이 늑대의 밥이 되고 말았습니다.

거짓말에 실망하여 냉소와 무관심을 보이는 것은 어쩌면 순수한 지도자나 신성한 목자를 바라기 때문에 생긴 것인지도 모릅니다. 안타깝지만 정치 지도자들은 '평범한 목동'에 지나지 않습니다. 민주주의는 목동이 거짓말을 할 수 있다는 가능성을 인정합니다. 그 가능성을 줄이고 통제하려는 지속적인 노력도 해왔습니다. 민주주의는 인간이 지닌 약점을 보완하려는 정치 체제인 것입니다. 목동의 거짓말에 실망하여 냉소와 무관심으로 반응할 것이 아니라 그의 거짓말을 통제하고 불신을 조정할 수 있는 적절한 제도 등을 마련해야 합니다. 민주주의는 '불신의 제도화'라고 할 수 있습니다. 신뢰는 개인의 속성이 아니라 자치와 참여를 통해 형성되는 정치 체제의 소산입니다. 어떤 지도자의 정치적 거짓말에 배신당하더라도 자치와 참여를 포기해서는 안 됩니다. 냉소와 무관심에서 빚어지는 피해는 고스란히 시민들에게 되돌아오기 때문입니다. 어떤 상황에서도 모든 것을 그들에게 맡겨 두어서는 안 됩니다. 평범한 목동에게 '참된 목자'가 되기만을 바라고 있을 수는 없습니다. **스스로 참여하여 감시하고 그들의 거짓말을 분별 해서 비판해야 합니다. 그런 시민들이라야 정치가의 거짓말에 족쇄를 채워 책임을 물을 수 있습니다.**

16 늙은 개와 주인

서로 고통을 덜어 주어요!

돌봄과 배려가 경쟁과 불평등을 완화시켜 줄 수 있습니다. 세상에 경쟁, 성장, 효율성의 구호만 울려 퍼진다면 늙은 사냥개는 어두운 뒷방으로 물러날 수밖에 없습니다. 그가 열심히 살아온 시간들이 충분히 존중받지 못하게 되는 것입니다. 경쟁과 속도는 지난 시간의 망각만을 부추깁니다.

개 한 마리가 있습니다.
젊을 때는 사냥꾼을 따라다니며 온갖 궂은일을 다 했습니다.
이제는 늙어 이빨도 다 빠지고 다리에 힘도 없어 잘 뛰지 못합니다.
개는 그런 몸으로도 계속 사냥을 나갔습니다.
어느 날, 사냥에서 토끼 한 마리를 간신히 잡았는데 그만 놓치고 말았습니다.
그 토끼를 다시 잡으려고 온 숲을 헤맸지만 헛수고였습니다.
이를 본 사냥꾼은 화가 나 개를 타박했습니다.
"넌 도대체 할 수 있는 게 뭐냐? 넌 이제 어디에도 쓸데가 없구나!"
늙은 개는 슬프게 말했습니다.
"기운이 넘치던 젊은 날, 그때 난 당신을 위해 모든 걸 다했지요. 지금은 쓸모가 없다고 날 구박하지만 그 옛날 내가 어땠는지 기억해 주세요. 지금도 내가 할 수 있는 만큼 열심히 하고 있다는 것을 알아주세요."

이제는 늙어서 토끼 한 마리도 제대로 잡지 못하는 사냥개의 처지가 참 슬픕니다. 젊음을 다 바쳐 주인을 위해 사냥을 했건만 늙어 힘이 빠지니 아무짝에도 쓸모없는 무용지물(無用之物)입니다. 살아 있더라도 스스로 자신을 돌볼 수 있는 여력이 적어 누군가에게 의존할 수밖에 없으면 있으나 마나 한 존재라고 여기기 때문입니다. 자율적이지 않고 누군가에게 의존해야 하는 사람들을 온전한 인간으로 보지 않습니다. 밥만 축내는 비경제적이고 비생산적인 천덕꾸러기로 여길 뿐입니다. 국가도 늙거나 병들거나 장애가 있는 사람들을 공적인 부담으로 여기고 자꾸 뒷방으로 밀어냅니다. 늙으면 죽어야 한다는 노인들의 자조에는 그런 슬픈 현실이 자리하고 있습니다.

인간의 처지는 아주 다양합니다. 능력과 역량에서도 차이가 납니다. 연령, 성별, 지역, 성적 지향, 인종, 종교, 재산, 학력 등의 차이는 사회적 삶에서 유리하기도 하고 불리하기도 합니다. 그 차이는 차별의 근거가 되기 쉽습니다. 그렇다고 차이를 없앨 수는 없는 노릇입니다. 민주주의는 인간의 선천적이거나 후천적 차이를 없애는 것이 아니라 그것이 차별이나 불평등이 되지 않게 하려고 합니다. 차이가 차별이나 불평등이 되지 않도록 하기 위해서 민주 사회는 불리한 삶의 조건을 가지고 있는 사람들을 존중하고 배려하고 돌봅니다. 차이가 차별이나 불평등이 되도록 방치하지 않는 것이지요. 민주주의가 약자를 돌보고 배려하는 것은 인간이 어떤 처지에 있더라도 자신의 정체성과 존엄성을 유지하는 것은 너무도 중요한 일이기 때문입니다. 타인의 도움이 필요한 누군가를 위한 돌봄을 실천하지 않고 방치하는 것은 민주주의라고 할 수 없습니다. 불평등을 어쩔 수 없거나 사소한 것으로 여겨 그대로 두면 공동체는 허약할 대로 허약해집니다.

돌봄과 배려는 특정한 사회적 약자에게만 주어지는 것이 아닙니다. 모든 인간은 타인의 돌봄을 필요로 하는 상호 의존적 존재입니다. 자율적 인간이란 환상일 뿐입니다. 인간이 나고 자라서 죽는 과정에서 알 수 있듯이 모든 인간은 정도의 차이는 있지만 연약한 존재이며 그래서 타인의 돌봄에 의지합니다. 그 돌봄의 질이 삶의 질을 결정합니다. 절대적 돌봄을 받아야 할 유아기 때 더 나은 돌봄을 받은 아이의 성장 과정은 그렇지 못한 아이보다 더 나을 것이 분명합니다. **중요한 것은 한 아이는 엄마의 돌봄에만 의지하는 것이 아니라 알로마더(allomather)의 돌봄, 즉 '온 이웃의 돌봄' 속에서 성장한다는 사실입니다.** 그 돌봄 속에서 한 아이는 어떤 것을 사랑하는 법을 배우게 됩니다. 루소의 말처럼 아무것도 필요로 하지 않는 사람이 무엇을 사랑할 수 없을 것이고 아무것도 사랑하지 않는 사람이 행복할 수는 없는 법입니다.

민주주의는 경쟁이 아니라 함께 의존하고 서로 돌봄을 통해 행복한 삶을 가꾸어갑니다. 물론 경쟁과 효율성과 같은 시장의 원리가 민주주의와 대립되는 것은 아닙니다. 그러나 무한 경쟁과 효율성 등의 원리만 강조하면 불평등이 점점 심화되어 민주주의를 위협할 수 있습니다. 경쟁의 세계에서는 다른 사람을 염두에 두기가 여간 어렵기 때문입니다. 돌봄과 배려가 경쟁과 불평등을 완화시켜 줄 수 있습니다. 세상에 경쟁, 성장, 효율성의 구호만 울려 퍼진다면 늙은 사냥개는 어두

운 뒷방으로 물러날 수밖에 없습니다. 그가 열심히 살아온 시간들이 충분히 존중받지 못하게 되는 것입니다. 경쟁과 속도는 지난 시간의 망각만을 부추깁니다.

서로 함께 돌봄과 배려를 나누고자 하는 민주주의는 경쟁, 효율성, 이익만이 중요하다는 생각에서 벗어날 때 가능합니다. 시민들이 서로 함께 돌보아야 할 책임을 가진다면 경쟁의 상처는 치유될 것입니다. 그러면 사회에는 안전의 그물이 생기고 신뢰라는 자본이 쌓이게 됩니다. 그 안전망과 신뢰가 시민의 삶에 열정과 활력을 불어넣을 것입니다.

민주주의가 강화되면 돌봄과 배려도 깊어집니다. 특히 평등한 관계와 서로 돌봄은 깊은 연관성이 있습니다. 사람의 관계가 평등하여 덜 위계적일 때 돌봄은 잘 이루어집니다. 관계가 평등할 때 사람들은 서로에게 관심을 가질 수 있기 때문입니다. 공동체 구성원들의 필요에 더 관심을 갖고 더 공감한다면 다른 사람들을 더 잘 보살필 수 있을 것입니다. 그러나 이솝의 이야기에서는 사냥개와 사냥꾼이 주종 관계에 있습니다. 그 관계에서는 사냥꾼의 이익이 최우선입니다. 사냥개가 사냥꾼에게 이익을 주지 못하면 쓸모가 없어집니다. 평등한 관계란 서로 의존적이며 서로 돌보는 관계입니다. 평등과 돌봄의 관계에서 중요한 것은 이익이 아니라 서로의 행복입니다.

동양 사회가 꿈꾸었던 유토피아인 대동 사회도 돌봄의 사회였습니다. 대동 사회란 "늙은이는 편안하게 일생을 마치고, 젊은이는 다 할 일이 있으며, 어린이는 잘 자라날 수 있고, 과부 홀아비 병든 자를 불쌍히 여겨서 잘 봉양"하는 나라입니다. 민주주의를 근간으로 하는 대한민국의 헌법도 마찬가지로 특별히 돌봄을 강조하고 있습니다. 헌법에서 우리 국민들은 여자와 연소자, 노인, 병자, 장애인 등 사회적 약자를 더 많이 배려하자고 약속하고 있습니다. 돌봄은 우리 헌법의 중요한 가치인 것입니다. 나고 자라서 죽는 한계 상황을 지닌 존재인 이상 우리 모두는 돌봄의 제공자인 동시에 수혜자들입니다. **타인을 존중하여 배려하고 돌보는 역량이야 말로 민주주의자를 판별하는 시금석입니다.**

17 황소 네 마리

우정은 약하지 않아요!

황소들이 늑대의 이간질에 분열되지 않고 서로를 지켜줄 수 있는 방법은 없었을까요? 더 강한 민주주의를 만드는 것이 더 강한 우정을 형성할 수 있는 가장 좋은 방법입니다. 그렇다면 어떤 민주주의가 더 강한 민주주의일까요?

황소 네 마리가 사이좋게 지냈습니다.
풀을 뜯을 때나 물을 마실 때나 쉴 때도 늘 함께 했습니다.
배고픈 늑대가 주위를 맴돌며 호시탐탐 노렸지만 황소 네 마리를 당할 수는 없었습니다.
늑대는 황소들을 서로 떼어 놓을 궁리를 했습니다.
첫째 황소를 만나 다른 녀석들이 첫째 황소가 힘이 세고 멋져서 시기하고 질투하고 있으니 조심하라고 말했습니다.
다른 황소들에게도 차례로 조심해야 한다고 일러 주었습니다.
그러자 황소들이 서로를 의심하기 시작했습니다.
이제 황소들은 풀을 뜯을 때나 물을 마시러 갈 때도 혼자 다니는 것이 편했습니다.
늑대는 기다렸다는 듯이 황소들을 한 마리씩 잡아먹었습니다.

이솝 이야기의 단골 메뉴 중 하나가 '우정'입니다. 곰에 쫓긴 두 친구 얘기도 우정에 관한 유명한 이야기지요. 이 우화는 곰과 두 친구 이야기보다 훨씬 더 큰 정치적 의미를 갖고 있습니다. 황소 네 마리와 늑대 한 마리가 등장하는 이 우화 속에서 황소들의 우정은 늑대에 의해 끊임없이 위기를 맞습니다. 늑대는 감언이설(甘言利說)로 황소 한 마리 한 마리를 꼬드깁니다. 뒷담화로 서로를 의심하게 만들어 황소들의 관계를 망가뜨립니다. 자신이 알고 있는 사실로 협박도 하고 겁도 줍니다. 결국 황소들은 늑대의 이간질을 견뎌내지 못합니다. 시험에 빠진 우정은 의심, 시기, 증오로 변하고 맙니다. 우정은 깨지고 모두 패배자가 됩니다. 우정은 왜 이리도 허약할까요? 늑대의 농간에 맞설 수 있는 방법은 없었을까요? 늑대의 시험 정도는 거뜬히 이겨낼 만큼 강한 우정은 어떻게 생길 수 있을까요?

즐겁고 우애 있게 지내는 황소들에게 늑대는 감히 덤비지 못합니다. 우정의 관계에서는 힘이 생겨나기 때문입니다. 그 힘을 흔히 권력이라고 부릅니다. 권력은 황소들 각자가 가지고 있는 뿔이나 근육에서 나오는 것이 아닙니다. 권력은 황소들이 모이고 관계를 맺어 함께 행동할 때 생깁니다. 반대로 황소들이 흩어지면 권력은 이내 사라지고 맙니다. 뿔뿔이 흩어진 황소들은 무기력해집니다. 이 우정의 힘은 우선 서로의 생존과 이익을 지켜줍니다. 특히 약자들에게는 그 힘이 중요합니다. 그러나 생존과 이익을 지키는 것이 우정의 전부는 아닙니다. 우정은 자신의 생존과 이익을 넘어 서로를 '행복'하게 해주는 결정적인 요소입니다. 사회적 동물인 인간에게 홀로 고독한 것은 견디기 힘든 불행입니다. 늑대의 농간에 서로를 의심하여 흩어지자마자 황소들은 자신을 지킬 힘도, 행복도 잃고 말았습니다. 흩어진 황소들에게 더 이상 권력은 없습니다.

민주주의는 우애로운 삶의 터전을 만들어 행복하게 살고 싶은 인간의 소망을 담고 있습니다. 1789년에 일어난 프랑스 혁명은 자유, 평등,

박애를 깃발에 새겨 치켜들었습니다. 오늘날에도 사람들은 그 세 가지를 민주주의의 근본 원리로 여깁니다. 그 중에 박애는 시민들 간의 사랑, 즉 우정을 뜻합니다. 하지만 지금까지 이 우정은 민주주의를 말할 때 자유와 평등에 비해 너무 소홀하게 다루어졌습니다. 개인의 권리와 관련된 자유와 평등만이 지나치게 강조되면서 민주주의의 중요한 요소인 시민들 간의 우정과 우애는 무시되었던 것이지요.

이솝이 살았던 고대 그리스에서 시민들 간의 우정은 최고의 정치적 덕목이었습니다. 당시의 사람들은 공동체의 유지와 행복한 삶을 위해서는 법과 정의보다 우정이 더 우선이라고 생각했습니다. 우정이 서로를 얼마나 단단하게 이어 주는지를 잘 알고 있었기 때문입니다. 아리스토텔레스는 당시 그리스의 분위기를 충실히 전한 사람으로 유명합니다. 그는 "정치가들은 법과 정의 이전에 시민들이 우정의 관계를 맺으며 살 수 있게 해야 한다."는 그리스 사람들의 생각을 전하고 있습니다.

민주주의에서 시민들의 우정은 공동체와 그 안에서 함께 살고자 하는 사람들을 사랑하는 것입니다. 민주주의자는 공동의 세계를 사랑하는 사람이라면 누구와도 친구가 될 수 있습니다. 물론 그 공동의 세계란 혈연이나 문화, 관습의 동질성을 전제로 하는 세계가 아닙니다. 공동의 세계란 그 세계에서 살고자 하는 사람들이 스스로 약속하고 동의하여 만든 것입니다. 그래서 공동의 세계를 사랑한다는 것은 그들이 함께 살고 싶은 세계의 가치와 지향을 사랑하는 것입니다. 그 가치와 지향에 동의하는 사람은 누구라도 함께 우정을 나눌 수 있습니다. 한 공동체의 가치와 지향을 담은 것이 바로 헌법입니다. 공동의 세계를 사랑한다는 것은 그래서 헌법을 사랑하는 것과 다를 바가 없습니다. 그것을 헌법 애국주의라고 합니다. 헌법 애국주의에 바탕을 둔 우정은 딱히 특정한 누구를 배제하지 않습니다. 그래서 시민적 우정은 너그럽고 단단하고 강합니다. 그렇게 '강한 우정'은 공동의 세계를 파괴하려는 어떤 폭군의 시도도 물리칠 수 있습니다.

우정의 힘을 누구보다 잘 아는 이들이 바로 독재자들입니다. 독재자들은 자신들의 지배를 강화하기 위해 가장 먼저 시민들 간의 우정을 깨뜨립니다. 그 방법은 의외로 간단합니다. 황소를 이간질 한 늑대처럼 시민들을 분열시키는 것입니다. "분열시켜 지배하라."는 경구는 독재자들에게 으뜸의 지배 원리입니다. 그 원리는 사람들을 뿔뿔이 흩어지게 하는 '고립화 전략'입니다. 흩어진 개인들은 독재자에게 쉽게 겁먹고 쉽게 조정당하고 쉽게 기가 죽습니다. 이런 상태야 말로 독재를 위한 최적의 조건이지요.

고대 아테네의 참주들이 가장 먼저 했던 것도 시민간의 우정을 파괴하는 일이었습니다. 정치 회합이나 공동 식사 모임은 물론 사적인 사교 모임도 금지시켰습니다. 시민들이 서로를 알지 못하게 하려는 것이지요. 서로 만나고 얘기하면 상호 신뢰가 생기고 그러면 우정의 관계가 형성되기 때문입니다. 히틀러의 전체주의도 마찬가지입니다. 시민들 간의 신뢰와 연대를 계획적으로 불가능하게 만들었습니다. 히틀러는 사회를 인위적이고 지속적으로 원자화시켰습니다. 그렇게 고립된 개인들은 이데올로기와 테러에 무방비 상태가 되고 맙니다.

황소들이 늑대의 이간질에 분열되지 않고 서로를 지켜줄 수 있는 방법은 없었을까요? 더 강한 민주주의를 만드는 것이 더 강한 우정을 형성할 수 있는 가장 좋은 방법입니다. 그렇다면 어떤 민주주의가 더 강한 민주주의일까요?

더 평등한 민주주의여야 합니다. 우정도 넓은 의미로는 사랑입니다. 그러나 연인 간의 사랑, 부모와 자식 간의 사랑, 사제 간의 사랑 등과 달리 우정은 서로의 동등함을 전제로 합니다. 그래서 주인과 노예 사이에서는 우정이 생기기 힘듭니다. 우정은 평등합니다. '평등이 우정을 생기게 하기 때문에 정치적, 경제적, 사회적 조건의 전반적 평등이 필요합니다. 직업적이고 신분적인 서열이나 차별이 없어야 합니다. 갑과 을의 위계가 존재하는 사회에서는 시민들 사이의 신뢰와 우정이 형성될 수 없습니다. 강자의 특권과 약자의 차별이 없어야 시민들 사이에 우정이 형성됩니다. 격차와 불평등, 특권 등은 늘 사회적 분열의 씨앗입니다. 사람들이 더 평등해지는 만큼 민주주의는 더 강해집니다.

더 잘 소통하는 민주주의여야 합니다. 우정을 지닌 친구들은 서로에게 자신의 소소한 감정들까지 모든 것을 털어놓습니다. 그러한 소통 자체만으로도 마음의 위로와 평화, 서로에 대한 신뢰를 쌓을 수 있습니다. 뿐만 아니라 친구와의 대화는 좋은 판단과 결정을 내리는 데 큰 도움이 됩니다. 좋은 판단을 하기 위해서는 혼자 하루 종일 싸매고 끙끙거리는 것보다 친구와 한 시간 동안 대화를 하는 편이 훨씬 낫습니다. 고대 아테네인들에게도 시민적 우정의 본질은 대화였습니다. 그들은 그치지 않는 대화만이 폴리스의 시민들을 결합시킬 수 있다고 생각했습니다. 소통은 우정을 형성하고 형성된 우정은 다시 소통의 좋은 토대가 됩니다. 친한 사람과 말이 잘 통하듯이 우정의 관계에 있는 시민들은 더 폭 넓은 이해와 더 좋은 대화를 나눌 수 있습니다. 소통이 멈추는 곳에는 언제나 명령과 폭력이 소통을 대체합니다.

평등한 이들 사이의 소통과 대화의 민주적 문화가 강해지면 시민들은 쉽게 분열되지 않습니다. 허심탄회한 대화는 의심과 증오의 어둠을 거뜬히 걷어낼 수 있기 때문입니다. 황소들도 늑대가 만들어낸 의혹들이 사실인지 서로 터놓고 솔직하게 이야기했다면 늑대의 농간에 쉽게 놀아나지는 않았을 것입니다.

18 농부와 세 자식

우리가 남이냐고요?

독재자들은 이솝의 나무 다발을 교재로 삼아 국민들을 가르쳐왔습니다. 왜 그랬을까요? 독재자들은 국민들의 어떤 비판이나 반대 의견도 분열로 몰아갑니다. 독재자들은 국민들을 뭉쳐 다발로 만들기 위해서는 단단한 끈이 있어야 한다고 주장합니다. 그것이 바로 이데올로기입니다.

한 농부에게 자식이 셋 있었습니다.

그 세 자식들은 허구한 날 싸웠습니다.

농부는 혼도 내보고 타일러도 보았지만 모두 허사였습니다.

어느 날, 농부는 자식들에게 나무 막대기들을 주어 오라고 시켰습니다.

자식들은 아버지가 시키는 대로 각자 나무 막대기들을 가져왔습니다.

농부는 가져온 막대기들을 끈으로 단단히 한데 묶어 다발을 만들었습니다.

그리고는 그 다발을 자식들에게 주면서 차례로 꺾어 보라고 했습니다.

자식들은 필사적으로 애를 썼지만 나무 다발은 부러지지 않았습니다.

농부가 이번에는 나무 다발을 풀어 아들들에게 나무 막대기를 하나씩 나눠 주었습니다.

받아 든 나무막대기 하나, 자식들은 쉽게 부러뜨렸습니다.

아버지는 자식들에게 가족의 의미를 늘 이야기해 주었습니다. 가족의 이름으로 자식들이 서로 이해하고 도우며 살기를 바랐던 것입니다. 그러나 자식들은 아버지 마음 같지 않습니다. 같은 부모에게서 난 자식들이 하루가 멀다 하고 티격태격 하는 것을 보는 아버지의 마음은 어땠을까요? 아버지는 자식들에게 서로 돕고 단결한다면, 아무리 힘들고 어려운 일이라도 이겨낼 수 있다는 것을 보여 주고 싶었습니다. 뭉치지 않고 흩어지면 결국에는 모두가 죽고 만다는 것도 알려 주고 싶었습니다. 농부는 자식들에게 교훈을 줄 수 있는 아주 좋은 교재를 발견했습니다. 나무 막대기들을 끈으로 묶은 다발이 그것입니다.

이솝의 나무 다발은 아주 훌륭한 교재였던 것 같습니다. 이 이야기는 역사적으로 큰 역할을 해 온 위대한 정치적 구호 하나를 탄생시켰으니까요. "뭉치면 살고 흩어지면 죽는다!" 미국 건국의 아버지인 벤자민 프랭클린도 했다는 이 말은 미국에서 돌아온 이승만이 국민들에게 한 첫 귀국 인사에 들어 있어서 유명해졌습니다. 그 이후로 많은 정치인들이 국민의 단결을 호소할 때 만고의 진리처럼 자주 쓰는 말이 되었습니다.

이 이야기는 "통합과 단결이 중요하다."는 선명한 교훈을 줍니다. 여러 사람이 함께 사는 공동체에는 다양한 의견과 생각들이 공존합니다. 갈등과 다툼이 생길 수밖에 없는 것이지요. 다양성과 갈등이 나쁜 것은 아니지만 하나의 공동체가 유지되기 위해서는 구성원들의 통합이 반드시 필요합니다. 문제는 어떻게 통합을 이룰 것인가 하는 점입니다. "어떻게 뭉칠 것인가?" 사실 이솝의 나무 다발 교재가 갖고 있는 매력은 '뭉치면 산다.'는 평범한 교훈이 아닙니다. 이 교재의 진정한 매력은 '어떻게 뭉칠 것인가?'라는 어려운 문제를 해결할 실마리를 준다는 점입니다. 과연 그 실마리가 무엇인지 살펴보아야겠습니다.

하나의 공동체에서 살아가는 구성원들이 통합하고 단결하는 방식은 한 가지 형태가 아닙니다. 이솝의 나무 다발은 다양한 통합 방식 중에서 한 가지 방식을 제시하고 있습니다. 농부가 제시한 통합은 각각의 나무 막대기들을 외부에서 끈으로 한데 묶는 방식입니다. 그 끈은 외부에서 구성원들을 묶는 강제적 힘을 의미합니다. 우리는 현실에서 그런 끈을 익히 알고 있습니다. 같은 가족이니까, 같은 민족이니까, 같은 인종이니까, 종교가 같으니까, 지역이 같으니까 우리는 하나여야 한다고 요구할 때 민족, 인종, 종교, 지역 등이 바로 그 끈입니다. 그 끈은 늘 근본주의와 이어져 있습니다. 그래서 그 끈이 구성원들 간의 모든 교류나 소통을 대체합니다. 그 끈이 구성원들을 단단히 묶으면 묶을수록 사람들의 다양성은 사라지고 결국은 거대한 한 인간이 되고 맙니다.

이솝의 나무 다발은 구성원들의 동질성을 전제로 사회를 통합하는 방식입니다. 구성물의 크기와 형태가 비슷해야 단단한 다발을 만들 수 있습니다. 그래서 그 다발은 '다른 것들'을 골라내거나 막무가내의 힘으로 눌러야 가능한 통합입니다. 사람들 사이의 차이나 다름을 배제나 동화를 통해 모두 제거해 버립니다. 그렇게 만들어진 단단함이 반드시 좋은 것일까요? 개인들의 차이와 다양성, 개성과 자율성을 존중하는 사회가 그렇게 군대처럼 단단할 필요가 있을까요? 민주 사회가 이솝의 나무 다발을 통합의 교재로 사용할 수 있을까요?

독재자들은 이솝의 나무 다발을 교재로 삼아 국민들을 가르쳐왔습니다. 왜 그랬을까요? 독재자들은 국민들의 어떤 비판이나 반대 의견도 분열로 몰아갑니다. 독재자들은 국민들을 뭉쳐 다발로 만들기 위해서는 단단한 끈이 있어야 한다고 주장합니다. 그것이 바로 이데올로기입니다. 우리가 아는 인종주의, 민족주의, 국가주의, 지역주의 등이 바로 그것입니다. 그뿐 아니라 그 끈을 묶기 위해서는 강한 힘이 필요하다고 말합니다. 그것이 바로 국가 폭력입니다. 국민들을 뭉치게 한다는 이유로 이데올로기도 폭력도 정당화하는 것입니다. 단단한 끈이 강한 힘으로 구성원들을 묶어 놓은 사회에서는 사람들 사이의 경계도 무너지고 자유도 사라집니다. **20세기의 파시즘이 바로 그런 이데올로기와 폭력을 사용했습니다. 놀랍게도 파시즘이라는 말은 '묶음, 다발'이라는 의미를 지닌 이탈리어의 파쇼(fascio)에서 온 말입니다.**

이솝의 나무 다발은 단단한 끈으로 묶여 있어서 강해 보이지만 사실은 대단히 허약합니다. 외부에서 작용하는 힘인 그 끈이 없거나 느슨해지면 막대기들은 금세 흩어질 것입니다. 그 다발 안의 막대기들이 서로 구체적인 관계를 맺고 있지 않기 때문입니다. 묶여 있는 것들

은 자신들이 외부의 힘에 의해서 묶여져 있다는 사실을 알게 되면 풀려나기 위해 저항할 것입니다. 뿐만 아니라 막대기들의 크기나 형태가 제각각이라면 외부의 끈으로 묶는 것은 쉽지 않을 것입니다. 나무 막대기를 묶고 있는 끈은 어쨌거나 강제적일 수밖에 없습니다. 간단히 말해 이솝의 나무 다발은 구성원들의 자발적 결합과 협력이 아니라는 점, 차이를 수용하지 않는다는 점에서 치명적인 약점을 지니고 있습니다.

민주주의의 입장에서 이솝의 나무 다발은 통합을 위한 좋은 교재가 아닙니다. 민주주의에서 통합과 조화는 구성원들의 동질성이나 외적 강제력을 통해 이루어지는 것이 아니기 때문입니다. 민주주의 사회의 통합은 구성원들의 자발적 협력과 차이의 수용이 전제되어야 합니다. 민주주의 사회에서는 외부의 끈이 아니라 구성원들이 서로 조화를 이루어 하나의 세계를 이룹니다. 그렇게 그들 '사이'에 만들어진 공동의 세계가 사람들을 모이게 하고 이어줍니다. 그 공동의 세계를 함께 돌보고 사랑하고자 하는 사람이라면 누구라도 서로 구체적인 관계를 맺을 수 있습니다. 공동의 세계에서 함께 살고자 하는 사람이라면 누구라도 배제되거나 차별 받아서는 안 됩니다.

민주주의의 통합은 외부에서 끈으로 구성원들을 묶는 것이 아닙니다. 서로 다른 씨실과 날실이 만나 천을 이루듯, 다양한 구성원들이 서로의 차이를 지닌 채 구체적인 관계를 맺어 하나의 세계를 이루는 것입니다. 그것이 바로 조화이며 화이부동(和而不同)의 정신입니다. 조화가 가능하기 위해서는 법 앞에서 평등한 시민들이 서로의 차이를 존중하고 소통해야 합니다. 또한 구성원들의 삶이 정치, 경제, 사회적으로 균형을 이루어야 합니다. 서로에게 무관심하지 않고 공동의 세계를 돌보기 위해 함께 협력해야 합니다. 차이의 존중, 균형, 협력으로 구성원들이 서로 함께 조화를 이루는 것, 그것이 바로 민주주의입니다. 차이를 지닌 사람들이 서로 조화를 이루고 화합하여 함께 행위할 수 있는 시민의 능력만이 민주적인 권력을 형성할 수 있습니다.

민주주의 안에서 시민들이 조화를 이루는 과정은 끈으로 나무 다발을 묶는 것처럼 강한 힘만으로는 불가능합니다. 공동체의 구성원들이 서로를 존중하고 사랑해야 합니다. 그 조화는 하루아침에 이루어지지 않습니다. 좋은 오케스트라가 하모니를 이루기 위해 피나는 연습을 하듯 시간과 노력이 필요합니다. 민주주의 사회에서 조화는 힘이 아니라 끊임없이 소통하고 이해하려는 노력과 시간의 열매입니다.

19 암소와 염소와 양과 사자

혼자 다 가지면 행복한가요?

민주주의의 운명은 특권을 누리려는 강력한 소수 집단에 맞서는 것에 달려 있습니다. 말했듯이 민주주의는 특권 엘리트들에 맞서 시민들이 거대한 변화를 일으켜 온 역사였습니다. 사자에 맞서 암소, 염소, 양이 자신들의 정당한 몫을 찾기 위해 싸워 온 역사였습니다. 함께 사슴을 사냥한 동료들이 그것을 어떻게 나누어 가질지 결정하는 데 참여할 수 있는 권리를 위해 싸워 온 역사였습니다.

암소, 염소, 양, 사자 이렇게 넷이 함께 살았습니다.
어느 날, 넷이서 사냥을 나가 사슴 한 마리를 잡았습니다.
각자의 몫을 배분하기 위해 사슴을 네 조각으로 나눴습니다.
사자가 첫째 조각을 얼른 집더니 당연히 사자인 자신의 몫이라고 소리쳤습니다.
그러더니 둘째 조각도 힘이 센 자신의 몫이라고 우겼습니다.
셋째 조각은 자신이 최고 빠르니까 자신의 몫이라는 것입니다.
다 먹어치우고 마지막 조각만 남았습니다.
사자는 마지막 조각에 손을 대는 놈은 용서하지 않겠다고 위협했습니다.

이 우화만큼 민주주의의 풍경을 잘 보여주는 이야기가 있을까요? 다양한 차이 때문에 함께 사는 것이 도무지 불가능해 보이는 녀석들이 공생하고 있습니다. 암소, 염소, 양, 사자. 이 네 마리 동물들이 동료가 되어 함께 지냅니다. 반대로 이 우화만큼 민주주의의 약속을 저버리는 슬픈 이야기가 또 있을까요? 사냥한 먹이를 두고 각자에게 합당한 몫을 나누려고 합니다. 사자는 다른 동료들에게 몇 가지의 근거를 대고는 혼자 사슴을 독차지하려고 합니다. 어떻게 나눌지를 사자 혼자서 정합니다. 다른 동료들은 그 결정에서 철저하게 배제됩니다. 함께 지내는 이 넷의 관계가 평등하지 않은 것입니다. 이 짧은 이야

기 속에 민주 사회의 아픈 현실이 담겨 있습니다. 어떤 차이에도 불구하고 모든 사람들이 법 앞에 평등하다는 민주주의의 원리를 비웃기나 하듯 압도적인 권력을 지닌 소수의 특권층이 자신의 기득권을 유지하기 위해 다수의 참여를 막고 다수의 권력을 무력화시키는 현실 말입니다.

민주주의의 가장 기본적인 전제이자 약속은 '다양한 인간의 평등'입니다. 서양에서 역사의 아버지라고 부르는 헤로도토스도 민주주의가 "모든 것들 중에서 가장 멋진 이름인 평등(isonomia)을 가지고 있다."고 강조합니다. 물론 현실에서 인간은 평등하지 않습니다. 출신, 재능, 재산, 국적, 힘, 외모 등 다양한 측면에서 인간은 차이가 납니다. 민주주의가 약속하는 평등은 그런 차이를 모두 무시하자는 것이 아닙니다. 모든 인간이 평등하다는 것은 '사실이 그렇다.'는 것이 아니라 '그래야 한다.'는 도덕적 차원의 문제입니다. 평등의 도덕적 차원이란 이런 것입니다. 모든 인간은 인간의 동등한 가치를 지녔기 때문에 어떤 사람도 다른 사람보다 본질적으로 우월할 수 없다는 것입니다. 차이를 차별해서는 안 된다는 것입니다. 민주주의는 바로 그러한 도덕적 신념을 실현하려는 삶의 태도이자 정치 체제입니다. 민주주의가 이루고자 하는 평등은 각 개인의 이익이 동등하게 고려되고, 정해진 사회적 서열이나 위계가 없는 '관계의 평등'입니다.

민주주의의 진전은 '평등의 확대'였다고 해도 과언이 아닙니다. 민주주의의 역사는 평등을 거부했던 특권 엘리트층과의 투쟁이었습니다. 특권층은 늘 힘으로만 하층민들을 억눌렀던 것은 아닙니다. 그들은 자신들에게는 우월한 권력과 지위를, 하층민들에게는 열등한 지위를 부여하는 것이 정당하다는 이데올로기를 퍼뜨려 왔습니다. 이 우화에서 이솝의 사자가 내세운 논리가 바로 특권 엘리트들이 자신들의 권리와 지위를 정당화하는 전형적인 태도입니다. 그런 태도 중에서 가장 오래된 것은 "우월하거나 열등한 지위는 본성적으로 타고 난다."는 주장입니다. 타고난 본성에 따라 더 우월한 자가 열등한 자보다 더 많이 갖는 것은 정의에 어긋나지 않는다고 강변합니다. 그래서 사자처럼 사회적 특권은 '당연'하다는 뻔뻔스런 주장을 하는 것이지요.

불평등을 혐오하고 증오하는 것은 매우 강렬한 인간의 감정입니다. 시민들은 소수의 특권을 당연하게 생각하지 않습니다. 과연 자연적인 귀족이 따로 있고 본성적인 노예가 따로 있을까요? 과연 흑인이 백인보다 열등하고 여성이 남성보다 열등할까요? 설사 그것을 설명할 수 있다고 하더라도 그것을 근거로 인간을 차별하는 것이 정당할까요? 아주 어린 아이들도 차별과 불평등에 분노합니다. 차별을 혐오하는 인간의 감정은 강하고 자연스러운 것입니다. 특권층은 자신들의 특권을 유지하기 위해 차별과 불평등에 분노하는 시민들을 사자처럼 힘으로 억압합니다.

민주주의의 운명은 특권을 누리려는 강력한 소수 집단에 맞서는 것에 달려 있습니다. 말했듯이 민주주의는 특권 엘리트들에 맞서 시민들이 거대한 변화를 일으켜 온 역사였습니다. 사자에 맞서 암소, 염소, 양이 자신들의 정당한 몫을 찾기 위해 싸워 온 역사였습니다. 함께 사슴을 사냥한 동료들이 그것을 어떻게 나누어 가질지 결정하는 데 참여할 수 있는 권리를 위해 싸워 온 역사였습니다. 물론 그 역사는 점진적이었고 지금도 진행되고 있습니다. 어쩌면 끝이 없는 과정일지도 모릅니다.

오늘날 대부분의 민주 국가에서는 대의제라는 미명 아래 소수의 특권 엘리트들이 실질적인 통치를 하고 있습니다. 그들은 다수의 이익을 희생시켜 자신의 이익을 챙깁니다. 그들에게 공동의 이익이나 공동의 세계는 중요하지 않습니다. 그들은 자신들에게 부여된 책임을 거추장스럽게 여깁니다. 그들은 민주적 수단으로는 자신들의 지위를 유지할 수 없기 때문에 사자처럼 힘, 돈, 지식, 인맥 등의 정치적 자원으로 관리합니다. 이런 사회에서는 설사 경제적으로 조건의 평등이 이루어지더라도 특권층과 하층민의 사회 서열은 그대로 유지됩니다.

그런 갑과 을의 사회에서 '관계의 평등'은 불가능합니다. '관계의 평등'이 이루어지지 않으면 '말할 자유'도 사라집니다. 모두가 자신의 의견과 요구를 말할 수 있고 그것이 서로에게 경청될 수 있는 자유가 사라집니다. 이 우화가 그 점을 잘 보여주고 있습니다. 사자가 사냥한 먹이를 독차지하는 과정은 사자 혼자서 모든 것을 말하고 결정하는 과정이었습니다. 사자는 먹이만을 빼앗은 것이 아니라 동료들의 말과 참여의 기회를 빼앗았던 것입니다. 이런 사회에서 민주주의는 특권층의 지배를 가리는 허울일 뿐입니다.

민주 사회는 조건의 평등을 넘어 '관계의 평등'이 이루어진 공동체입니다. 소수의 특권층이 '갑질'을 하고 다수의 시민이 을로 전락하는 사회는 충분한 민주주의가 아닙니다. 문제는 특권을 가진 엘리트들은 자신들의 우월한 특권을 지키기 위해 뭐든 하려고 하는 반면 특권을 반대하고 민주적 평등을 위해 애쓰는 시민들은 찾아보기가 어렵다는 점입니다. 특권 사회에 익숙해져 특권의 존재를 당연하게 받아들이기 때문입니다. 특권 자체가 없는 사회를 만들기보다는 자신들도 높은 지위를 차지해 특권을 누릴 기회만 잡으려고 합니다. **특권 사회는 끊임없이 억울하면 출세하라는 주술을 외게 합니다. 그러나 그 따위 주술은 입에 담지 말아야 합니다. 행복은 남보다 높은 지위나 돈으로는 살 수 없기 때문입니다.** 사자가 사슴을 모두 독차지해 배는 부를지 모르지만 함께하는 데서 오는 삶의 행복은 누릴 수 없을 것입니다. 넷이서 협력하여 사냥을 하고 그것을 공평하게 나누고 함께 놀이도 하며 우정을 나눌 때 그들의 '사이'에서 행복이 피어나지 않을까요?

민주주의는 모두가 함께해야 행복하다는 평범한 사실을 실천하는 것입니다. 민주 사회는 몇몇 소수가 아니라 모두가 행복한 공동체입니다. 그런 민주주의는 누가 거저 주는 것이 아닙니다. 행복하고자 하는 다수가 나서야 합니다. 참여할 수 있는 자유와 제도를 요구해야 합니다. 하지만 특권을 가진 이들은 강력하게 반대할 것입니다. 사자가 자신이 결정하는 데 누구도 끼어들지 못하게 했듯이 말입니다. 암소, 염소, 양이 단결하여 갑질을 하는 사자에게 맞서는 수밖에 없습니다. 그러기 위해서는 시간과 노력을 들여야 합니다. **특권층에게 개 · 돼지 취급을 받지 않고 인간의 존엄성을 지키기 위해서라면 어떤 노력도 마다할 이유가 없지 않을까요?**

20 제비와 새들

깨어 있어야 해요!

제비의 의견을 신중하게 듣지 않은 점에서 새들도 잘못한 부분이 있습니다. 그러나 새들이 제비를 이해하지 못했다고 해서 새들의 무지를 비난해서는 안 됩니다. 제비도 틀릴 수 있습니다. 제비의 말이 맞다고 하더라도 새들이 그것을 충분히 이해하지 못했다면 그것이 단지 새들의 무지 탓일까요?

어느 봄날, 농부가 밭에 천을 짜는 데 쓰는 아마 씨를 뿌렸습니다.
이것을 본 제비는 미래에 어떤 일이 일어날지 직감했습니다.
농부는 아마가 다 자라면 그것으로 그물을 만들어 새들을 잡을 것입니다.
제비는 서둘러 새들에게 이 사실을 알렸습니다.
위험을 막을 수 있는 방법까지 제시했습니다.
뿌려진 아마 씨를 다 먹어 치워야 한다고 새들을 설득했습니다.
새들은 있지도 않은 일에 걱정을 하는 제비의 말에 콧방귀를 꼈습니다.
낙심한 제비는 자신만이라도 살아야겠다고 생각했습니다.
농부를 찾아가 처마에 집을 짓게 해 달라고 사정했습니다.
농부는 처마를 내어 주고 제비를 지켜 주었습니다.

제비는 다른 새들에 비해 엘리트였나 봅니다. 무지렁이 새들과는 물이 다릅니다. 하루하루 먹고 사느라 세상일에 관심 가질 겨를이 없는 새들과는 달리 세상사 어느 것 하나 그냥 지나치는 법이 없습니다. 하나를 보면 열을 아는 지혜를 가졌습니다. 그러던 어느 날, 농부가 밭에 낯선 씨앗을 뿌리고 있었습니다. 그것을 목격한 제비는 장차 그 조그만 씨앗이 몰고 올 대재앙을 직감합니다. 농부의 계획을 미리 막지 않으면 재앙은 현실이 될 것입니다. 그 일은 제비 혼자 힘으로는 불가능합니다. 그렇다고 새들에게 무엇을 하도록 강요할 힘도 없습니다.

힘은 새들이 함께 뜻을 모아야 생깁니다. 제비는 새들에게 상황을 알려 행동에 나서게 하려고 합니다. 그러나 새들은 제비의 말을 귓등으로도 안 듣습니다. 오히려 무슨 자다가 봉창 뚫는 소리냐고 조롱합니다. 한 치 앞도 알 수 없는 세상일을 점쟁이처럼 예언하다니요? 혼자서는 아무것도 할 수 없는 주제에 맨날 똑똑한 척만 하고 자신들을 무시하는 제비에게 새들은 핀잔을 줍니다. 제비는 그런 새들과 함께 살다 장차 위기를 맞느니 차라리 새들을 떠나 사람의 편이 되는 것이 좋겠다고 생각합니다. 새들을 배신하는 것이 조금은 미안하지만 자업자득(自業自得)입니다. 자신을 무시한 새들은 뜨거운 맛을 봐도 싸다고 생각하며 농부의 집 처마로 찾아듭니다.

제비가 사람들과 동거동락(同居同樂)하게 된 이유가 재미있습니다. 물론 이 우화가 제비와 인간의 동거에 관한 내력을 알려 주려는 것은 아닙니다. 이 이야기는 민주주의가 고민해야 할 중요한 문제를 던져 주고 있습니다. 민주주의는 모든 권력이 국민으로부터 나온다는 원리를 토대로 합니다. 바로 국민 주권 원리입니다. 국민 주권 원리는 국민들이 공동의 일에 참여하여 결정하고 책임질 능력을 갖고 있다는 것을 전제합니다. 그러나 과연 일반 국민들에게 그럴 능력이 있을까요? 민주주의를 지지하거나 호의적인 사람들도 그 물음 앞에서는 고개를 갸웃거리곤 합니다. 누구라도 평등하게 통치에 참여한다는 민주주의의 이상에 불신의 눈초리를 보내는 것입니다. 그 불신의 근거가 바로

이 우화에서 잘 드러납니다. 정말 누구나 통치에 참여해도 되는 걸까요? 한 치 앞도 모르는 사람들에게 공동체의 운명을 맡겨도 될까요? 전문적 지식도 없는 사람들이 공동체의 일을 논의하고 결정해도 괜찮을까요? 이리 휩쓸리고 저리 휩쓸리며 무엇이 자신들에게 진정 좋은 것인지도 모르는 무지렁이 새들보다는 지혜로운 제비에게 공동체의 운명을 맡기는 것이 새들에게도 좋은 것 아닐까요? 질문을 할수록 민주주의가 왠지 불안해 보입니다.

민주주의를 불안한 시선으로 보는 것은 어제 오늘의 일이 아닙니다. 민주주의가 시작되던 순간부터 민주주의에 의심의 눈초리를 보낸 사람들이 많습니다. 그들은 특히 대중의 무지, 무절제, 폭력성을 들어 대중이 스스로 통치하는 민주주의를 회의하고 증오했습니다. 이성과 지혜를 갖은 엘리트의 통치만이 불안을 잠들게 할 수 있다는 것입니다.

엘리트들은 아주 오래 전부터 '아는 것이 힘'이라고 주장해 왔습니다. 그들은 국가의 운영에 필요한 전문적인 지식이나 미래를 내다볼 수 있는 지혜가 있는 사람들이 통치를 해야 한다고 생각합니다. 그래서 무지한 시민들이 권력을 갖고 공동의 일을 결정하는 민주주의에 격렬하게 반대합니다. 가령 "국가의 안보를 위해서 무기를 배치해야 하는가? 어디에 배치해야 하는가?" 등의 문제를 무기 전문가나 군사

안보 전문가가 아니라 시민들 스스로가 결정해야 한다는 주장은 어불성설(語不成說)이라고 비난합니다. 대중은 이익을 원하지만 무엇이 진짜 자신들의 이익인지를 모른다는 것입니다. 또한 이성보다는 감정적인 판단을 할 경우가 많아 쉽게 선동가에게 놀아날 수도 있다고 주장합니다. 제비가 결정하고 그것을 따르게 할 권력이 있었다면 새들은 미래의 위기를 미리 막을 수 있지 않았을까요? 그런데도 제비가 아니라 새들이 스스로 통치를 해야 하는 이유가 있을까요?

엘리트들의 여러 가지 비난에도 불구하고 한번 따져봐야 할 점이 있습니다. 우화로 돌아가 봅시다. 이솝의 제비가 한 예측이 과연 확실히 맞는 걸까요? 농부는 뿌린 아마 씨가 자라면 옷을 만들려는 것은 아니었을까요? 제비의 미래 예측이 맞는지 알 수 없는 무지한 새들이 제비의 주장을 받아들여야 할 근거나 이유는 무엇일까요? 사실 여부와 상관없이 미래의 막연한 두려움이나 제비의 지식적 권위에 눌려 제비의 말을 믿어야 할까요? 아니면 파스칼이 내기를 하듯 믿어서 손해 볼 것은 없다거나 안 믿었을 때 손해가 너무 크기 때문에 믿어야 할까요? 바로 여기에서 똑똑한 엘리트가 통치를 해야 한다는 주장은 어려움에 빠지게 됩니다. 엘리트들의 주장대로라면 대중은 무식해서 엘리트의 주장이 맞는지 틀린지를 알 수가 없습니다. 결국 엘리트가 지배하기 위해서는 대중들에게 엘리트 자신이 아는 것이 진리라고 강요하는 방법 밖에는 없습니다. 문제는 대중들이 엘리트의 주장을 호락 호락 믿어주지 않는다는 것입니다. 그래서 진리로 포장된 이데올로기는 늘 테러를 동반하는 것입니다. 물론 대중이 안 믿고 안 따르면 제비처럼 조용히 새들의 공동 세계를 떠나 오직 자신의 안전만을 돌볼 수도 있겠지요. 플라톤이 민회의 판결에서 사형 선고를 받은 소크라테스가 죽자 철인 왕을 포기하고 아카데미를 만들어 폴리스를 떠난 이유도 바로 그것입니다.

모든 이가 함께 공동체의 운영에 참여한다는 민주주의의 원리는 모든 이가 공동체를 운영하는 데 필요한 능력을 갖고 있다는 신념을 기초로 합니다. 고대 그리스에서 프로타고라스나 아리스토텔레스 같은 이들이 주장한 이 신념은 상식을 가진 평범한 시민들은 공동체의 일에서는 전문적 지식을 가진 엘리트들에 못지않은 판단 능력을 갖고 있다는 것입니다. 만약 이 신념에 문제가 생기면 민주주의는 뿌리째 흔들리게 됩니다. 민주주의에 반대하는 사람들은 바로 민주주의의 이 뿌리에 끊임없이 도끼질을 해 왔습니다. 민주주의를 지탱하는 원뿌리이지만 가장 약한 부분이기 때문입니다. 오늘날에도 그 도끼질 소리는 다양한 형태로 크게 울려 퍼집니다. "대중이 항상 옳지는 않다!" "대중은 위험하다!" "대중은 개, 돼지다!" 하나같이 대중을 무시하고 혐오하는 소리들입니다.

인간은 많은 한계를 갖고 있습니다. 확실한 진리를 알 수 없다는 것도 인간의 중요한 한계입니다. 미래에 어떤 일이 일어날지를 정확히 아는 전문가가 과연 있을까요? 하나의 사안에 전문가들의 관점도 각양각색인 경우가 많습니다. 정치적 영역에서는 어떤 진리라도 다양한 의견 가운데 하나일 뿐입니다. 민주주의는 인간의 지적인 한계와 약점에도 불구하고 좀 더 나은 판단과 결정으로 공동체를 운영하기 위한 것입니다.

지식이 있어야만 좋은 결정을 내릴 수 있는 것은 아닙니다. 민주주의는 '진리의 정치'가 아니라 '의견의 정치'입니다. 자신의 지식을 유일한 '진리'로 내세우지 않고 하나의 '의견'으로 보고 다른 사람의 의견과 교류하고 토론하는 것이 민주주의입니다. 민주주의자들은 판단과 결정을 할 때 토론이 필수적이라고 생각합니다. 왜냐하면 정도의 차이만 있을 뿐 사람들은 어느 것도 분명하게 알지 못하기 때문입니다. 또한 하나의 사안은 여러 가지 측면을 가지고 있기 때문입니다. 문제의 다양한 측면과 입장을 이해하고 판단할 수 있는 능력이 바로 시민적 지혜입니다. 아테네 민주주의의 전성기 때 지도자였던 페리클레스는 이렇게 말합니다.

"우리의 평범한 시민들은 비록 사느라 생업에 바쁘지만 공적인 일을 공정하게 판결하는 공정한 심판자들입니다. 토론은 우리의 행위를 방해하는 걸림돌이 아닙니다. 오히려 우리는 토론을 현명한 행동에 이르는 필

수 불가결한 과정이라고 생각합니다."

민주적 토론에서는 자신이 다른 사람을 설득할 수도 있지만 설득당할 수도 있다는 것을 전제해야 합니다. 많은 의견들을 듣고 숙고하는 과정을 통해서만 좋은 결정을 내릴 수 있습니다. 이런 의견의 정치는 시민들이 그러한 능력과 지혜의 싹을 갖고 있다는 생각에서 출발합니다. 그 싹은 가꾸고 길러져야 합니다. 시민의 능력과 지혜의 싹을 발전시킬 수 있는 기회가 바로 '참여'와 '시민 교육'입니다. 특히 참여는 그 자체가 시민 교육의 장이며 민주주의의 학교입니다. 시민들은 참여하면 할수록 공동체에 대한 책임감이 커지고, 공동체에 대한 책임감이 커지면 커질수록 시민적 자질과 지혜를 발전시킬 수 있게 됩니다. 시민의 지혜는 타고난 것이 아니라 아리스토텔레스가 이야기했듯이 실천과 경험 속에서 형성되는 '실천지(實踐知)'인 것입니다. 시민들에게 참여의 장과 경험의 기회를 주지 않으면서 시민들의 무능과 무지를 비난하는 것은 싹에 물도 주지 않고서 나무가 자라지 않는다고 푸념하는 것과 같습니다.

함께 참여하고 함께 토론하면서 시민들은 시민의 역할과 몫을 발견하게 됩니다. 영어로 참여를 뜻하는 '파티시페이션(participation)'은 원래 "자신의 몫을 갖다."는 의미입니다. 즉 공동의 세계 안에서 자신의 자리, 몫을 확인하는 것입니다. 또한 참여(參與)는 끼어들어 그것과 관계를 맺는 것을 의미합니다. 참여하지 않을 때 우리는 한 개인으로만 살아가게 되고 그럴 때 개인은 자신의 관점으로만 세상을 바라보게 됩니다. 그런 사람을 고대 그리스에서는 백치(idiot)라고 불렀습니다. 백치는 완전히 우둔한 사람(개인)을 의미했는데, 오늘날처럼 참여가 불가능한 상황은 대다수 시민들을 백치로 만들고 맙니다.

대중은 위험할 수 있습니다. 대중이 항상 옳은 것도 아닙니다. 동일한 대중이 민주주의를 만들기도 하고 파시즘의 주역이 될 수도 있습니다. 그 두 길을 가르는 것은 바로 대중이 어떤 조건에 있느냐는 것입니다. **참여와 소통이 깨어 있는 민주 시민을 길러냅니다. 그것이 없을 때 시민들은 백치 상태가 되고, 그런 개인들로 이루어진 대중은 파시즘의 주역이 될 수도 있습니다.** 시민적 지혜가 작동해야만 대중은 민주주의의 파수꾼이 될 수 있습니다. 그러기 위해서는 참여의 기회와 참여의 공간이 많아져야 합니다. 제비의 의견을 신중하게 듣지 않은 점에서 새들도 잘못한 부분이 있습니다. 그러나 새들이 제비를 이해하지 못했다고 해서 새들의 무지를 비난해서는 안 됩니다. 제비도 틀릴 수 있습니다. 제비의 말이 맞다고 하더라도 새들이 그것을 충분히 이해하지 못했다면 그것이 단지 새들의 무지 탓일까요?